Murray Peabody Brush

The Isopo Laurenziano

Edited with notes and an introduction treating of the interrelation of Italian fable

collections

Murray Peabody Brush

The Isopo Laurenziano
Edited with notes and an introduction treating of the interrelation of Italian fable collections

ISBN/EAN: 9783337101541

Printed in Europe, USA, Canada, Australia, Japan

Cover: Foto ©Andreas Hilbeck / pixelio.de

More available books at **www.hansebooks.com**

THE

ISOPO LAURENZIANO

EDITED WITH NOTES AND AN INTRODUCTION TREATING
OF THE INTERRELATION OF ITALIAN
FABLE COLLECTIONS

BY

MURRAY PEABODY BRUSH.

❦

PRESENTED TO THE BOARD OF UNIVERSITY STUDIES OF THE
JOHN HOPKINS UNIVERSITY FOR THE DEGREE
OF DOCTOR OF PHILOSOPHY.

❦

BALTIMORE, JUNE, 1898.

❦

COLUMBUS, OHIO.
PRINTED BY THE LAWRENCE PRESS CO.
1899.

To My Mother

This dissertation is affectionately inscribed.

PREFATORY NOTE.

The work of the Romance Languages Seminary of the Johns Hopkins University on the Fables of Marie de France first excited my interest in the subject of Fables, and shortly after my admission to the Seminary in the Autumn of 1896 I began to seek original work in that subject. At the outset my attention was called to various Italian Fable Collections, at that time uninvestigated, which seemed to bear a remarkably close resemblance to the Isopet of Marie de France; it took but a slight survey of the ground to show me that in the subject of Italian Fable Collections lay an almost unexplored field for work, and I at once determined to give my attention to its investigation. The Isopo Laurenziano is the first result of my labors, and at no very distant date I hope to edit the Sonnets of Accio Zuccho.

The material here presented has been chiefly gathered from the libraries of Italy, though also from those of other European countries; and in this connection I wish to extend my heartiest thanks to the Directors and Attendants of the various libraries in which I have worked, for the exceptionally kind treatment shown me, and for their ready help in the furtherance of my work.

MURRAY P. BRUSH.

Columbus, O., March 1st, 1899.

TABLE OF CONTENTS.

❧ ❧ ❧

ABBREVIATIONS.

  The abbreviations of the titles of the works cited in the foot-notes are explained in the Bibliography.

  The abbreviations used for the titles of fable collections are as follows :

  Marie Q : The form of the Isopet of Marie de France contained in MS. 2173, f. f., Bibliothèque Nationale, Paris.

  Is. Laur.: The Isopo Laurenziano.

  Pal. I : Palatino I.

  Pal. II : Palatino II.

  Laur. II : Laurenziano II.

ERRATA.

P. 8, L. 22—read *Sepolcro* for *Sepoloro*.

P. 49, L. 8—read *ghallo* for *ghalla*.

Pp. 80-84—As these pages were printed before the text to which they refer, the line references are in some cases slightly wrong, the difference, however, is not sufficient to cause difficulty in verification.

THE INTERRELATION OF ITALIAN FABLE COLLECTIONS, WITH A STUDY OF THEIR SOURCES.

PART 1.

THE INTERRELATION OF ITALIAN FABLE COLLECTIONS, WITH A STUDY OF THEIR SOURCES.

1. Introduction.

Up to the present time no general study of Italian fable collections has appeared ; there are a few partial studies on the subject, but none of them pretends to completeness.

The first and best of these studies is that by Gaetano Ghivizzani (1), made some thirty-one years ago, which is confined to a discussion of the fable manuscripts to be found in the libraries of Tuscany. Unfortunately, Ghivizzani has a general hypothesis that all of the fable collections in Italy come from the Latin collections of Walter of England (2), or of Romulus (3). This theory was formed from the study of a fable collection derived from that of Walter, which he publishes in his work (4). This work is further incomplete in that Ghivizzani failed to treat of several important fable manuscripts at Florence (5), as well as those elsewhere.

---

1. Cf. the Bibliography, No. 7, *Ghivizzani*. 2. Cf. Hervieux, I, 472–668. 3. Cf. Hervieux, I, 330–431. 4. Cf. Ghivizzani, I–155. 5. Namely, Nos. 2, 5, 6, and 8 of the list on p. 7.

Leopold Hervieux (6) is the second writer on the subject of Italian fable collections. In his work most of the manuscripts and incunabula are described, but, following Ghivizzani, Hervieux has put them all among the derivatives of Walter of England. Though his descriptions of the manuscripts are better than those of Ghivizzani, yet Hervieux has done nothing to show the relations of the different collections to one another, and thus the value of his work is chiefly bibliographical.

A third study, but only of a single writer, is that by Prof. Cesare de Lollis (7), who has confined his attention to the work of Francesco del Tuppo, a collection which appears only in incunabulum form (8).

The latest work touching the subject of Italian fable collections at all, is the edition of the fables of Marie de France, by Prof. Warnke (9). In the introduction (10) to this edition, Prof. Warnke treats only of two Italian fable collections which he knew to be derived from the fables of Marie; namely, *Rigoli* and *Palatino 1* (11) ; hence he goes no deeper than the discussion of the interrelation of these two collections and their common relation to the fables of Marie de France.

The lack of any general study of mediæval Italian fable collections, thus seen to exist, has led me to present a discussion of those Italian collections, previous to the sixteenth

6. Cf. the Bibliography, No. 8, *Hervieux*. 7. Cf. the Bibliography, No. 13, *De Lollis*. 8. Cf. the description of this collection on p. 34. 9. Cf. the Bibliography, No. 25, *Warnke, Fabeln*. 10. Cf. Warnke, *Fabeln*, pp. lxxiv-lxxviii. 11. Cf. pp. 43-44.

century, which are found in manuscript form, together with the edition of one of them, the *Isopo Laurenziano* (12).

Upon examination of the principal libraries of Italy, France, and England (13), I find twenty-seven manuscripts which contain what may be properly called fable collections, or parts thereof. From the number, one might conclude that the Æsopic fable was a popular theme for Italian translators in the Middle Ages, but a closer examination shows that such is not the case, for but three, or at the most four, families are represented in the Italian, and these families are not at all representative of the divergent fable collections found in mediæval Latin (14). To such an extent do the Italian collections resemble each other, that two of the writers cited above, Ghivizzani and Hervieux, have ascribed them all to the single Latin collection of Walter of England, as parent.

This lack of diversity in translations is easily accounted for in Italy, for in that country Latin was ever recognized as the more elegant language of the two in use, Italian and Latin, and consequently those who had need of fable collections, as depositories of illustrations for sermons and moral teachings, usually went direct to the Latin collections, which they could read and understand as easily as if they had been written in the folk-speech.

---

12. Cf. Part II. In this discussion I have avoided treating of stray fables, so numerous in the literary monuments of the XIII and XIV centuries (Cf. Dante and Boccaccio), as being far beyond the limits of this dissertation. 13. For a list of these libraries, cf. p. 6, fn. 17, and p. 7. 14. Walter of England's collection is the only one completely represented.

On the other hand, if there was a scarcity of different translations, the number of copies of the few translations made show us that the Italian form must have been fairly popular after all, and the divergent press-marks of the Italian fable incunabula show that the taste for fables was almost equally distributed throughout the whole of Italy, for such incunabula are found printed in Naples and Florence, Rome and Verona, Venice, Brescia and Milan. The dedications of these incunabula show, furthermore, that they were well received by those high in the state offices.

In treating, now, these fable collections, I shall first describe the manuscripts which contain them, and afterwards discuss the relations of the collections to one another, and, where it is possible, to their respective sources.

2. Description of Manuscripts.

---

a. Extant Manuscripts containing Italian Fable Collections.

In the Introduction (15) I said that I had found twenty-seven manuscripts containing collections of Italian fables, in whole or in part ; I may add that there are a few other manuscripts which contain one or two single fables, but as these do not belong to any of the collections found, they have been passed over in this dissertation (16).

The following list gives the catalogue references to the manuscripts containing Italian fable collections, and also mentions the cities and libraries where they are to be found (17).

---

15. Cf. p. 4. 16. Both Ghivizzani (pp. clxv–clxvii) and Hervieux (I, 638) cite manuscripts 1764 and 1939 of the Biblioteca Riccardiana at Florence, which are of this sort. 17. Besides the libraries that appear in the list on p. 7, I have hunted without success for manuscripts containing Italian fables in the following libraries :

Bologna, Biblioteca dell' Università.
Milan, Biblioteca Ambrosiana.
Milan, Biblioteca Nazionale del Palazzo Brera.
Paris, Bibliothèque Nationale.
Pisa, Biblioteca dell' Università.
Rome, Biblioteca Nazionale Vittorio Emanuele.
Turin, Biblioteca Nazionale dell' Università.

A LIST OF THE EXTANT MANUSCRIPTS WHICH CONTAIN COL-
LECTIONS OF ITALIAN FABLES :

1. Florence, Biblioteca R. Mediceo-Laurenziana, Cod. Plut. XLII. 30.
2. Florence, Biblioteca R. Mediceo-Laurenziana, Cod. 649.
3. Florence, Biblioteca R. Mediceo-Laurenziana, Cod. Gadd. Rel. CLXXVI.
4. Florence, Bibl. Naz. Magliabecchiana, Cod. Palatino 92.
5. Florence, Bibl. Naz. Magliabecchiana, Cod. Palatino 200.
6. Florence, Bibl. Naz. Magliabecchiana, Cod. Palatino 928.
7. Florence, Bibl. Naz. Magliabecchiana, Cod. II. II. 83.
8. Florence, Bibl. Naz. Magliabecchiana, Cod. II. IV. 94.
9. Florence, Bibl. Naz. Magliabecchiana, Cod. VII. IX. 375.
10. Florence, Bibl. Naz. Magliabecchiana, Cod. XXI. VIII. 87.
11. Florence, Biblioteca Riccardiana, Cod. 1088.
12.   "   "   "   Cod. 1338.
13.   "   "   "   Cod. 1591.
14.   "   "   "   Cod. 1600.
15.   "   "   "   Cod. 1645.
16.   "   "   "   Cod. 2805.
17.   "   "   "   Cod. 2971.
18. Ferrara, Biblioteca Comunale, Cod. 340. NB. 5.
19. London, British Museum Library, MS. Additional 10389.
20. London, Phillips Library, Cod. 2749.
21. Milan, Biblioteca Trivulziana, Cod. 133.
22. Naples, Biblioteca Nazionale, Cod. "Libro della Virtù."
23. Rome, Biblioteca del Vaticano, Cod. 4384.
24. Siena, Biblioteca Comunale, Cod. A. VIII. 8.
25. Udine, Biblioteca Arcivescovile, Cod. 34.
26. Venice, Bibl. Naz. di San Marco, Cod. Cl. IIa. XXV.
27. Verona, Biblioteca Comunale, Cod. 213.

The manuscripts will now be taken up separately and described in the order of this list :

1. *Florence, Biblioteca Mediceo-Laurenziana, Cod. Plut. XLII. 30.* (18).

Paper MS. of the end of the XIV century ; quarto, 262 x 196 mm. There are forty-eight folios, of which fol. 29b is blank. No designs are found in the text, but the titles are in red, and the initials in red or blue. On the cover, which bears the arms of the Medici, is roughly painted " P. 42 " and " 30 ", and a paper tag bearing the words : " Viaggio di .... mj G orgio di Guccio (*sic*)."

The date of the manuscript cannot be earlier than 1385, as that is the date of the journey described in the first part of the manuscript (cf. the table of contents below) ; on the other hand, it cannot have been much later, for the handwriting, all by the same scribe, is very similar to that of Franco Sacchetti, in Cod. Ashburnhamiano 574, Bibl. Med.-Laurenziana, Florence (19) ; Sacchetti died about 1400.

Contents :

1. Il viaggio che fece Giorgio di Mess. Guccio, e altri insieme in compagnia per andare a S. Caterina, & al Monte Sinai ed al Santo Sepoloro di Jesu Christo benedetto, fols. 1a-29a.
2. Isopo recato di gramatica in vulgare, 30a-48b.

The fables are preceded, on fol. 29a, by the remark : " q(u)esto Jsopo ene dighucco di domenicho / iquale chonperai dagentilini chostomi / fl 2 doro (*sic*)."

---

18. References : (a) Part II of this dissertation, where this collection is published for the first time. (b) Ghivizzani, p. clxviii. (c) Hervieux, I, 639. (d) Bandini, II, 194. 19. Cf. E. Monaci, *Fac-Simili Italiani*, Vol. I, fasc. 2, pl. 18, for a reproduction of part of Cod. Ashburnhamiano 574.

The fable collection, which is that published in the second part of this dissertation (20), I have entitled from the name of the library, the *Isopo Laurenziano*. The collection consists of forty-six fables with a prologue (21).

The text begins :

Qvesto libretto e apellato lisopo rechato di gramaticha il uolghare ;

And ends :

Finito e ilibro delisopo in uolghare.   Amen.

2. *Florence, Bibl. Naz. Med.-Laur., Cod. 649.*   (22).

Paper MS. of the XV century; folio, 290 x 200 mm. Dated 1460 on the binding, which is modern.   There are fifty-six folios, though the numbering shows more than sixty-two originally, Nos. 1, 3, 13, 14, 19, 29, and one or more beyond fol. 62 being lost.

The fables occupy folios 10b-14b, and 21a 44a.   They form the collection which I have entitled from the name of the library : *Laurenziano II*.   The fables are preceded by a prologue and an *Index* containing the titles of fifty-nine fables ; of these fables, those bearing the titles "Selfish Man's Prayer," "Frogs desiring King," and "Doves and Kite," (in part) have been lost.   The fable of the "Man, Wife and Lover in Bed," which appears as No. 38 in the *Index*, has been put at the end in the text; this is probably due to scribal confusion, arising from its similarity to the following fable of the " Man, Wife and Lover in Wood." (23).

---

20. Cf. Part II, pp. 87-178.   21. Cf. p. 43, and Part II, fable text. For the order and titles, cf. the tables on pp. 66-68.   22. This manuscript has been cited by no previous writer.   23. Cf. p. 44, and the table on pp. 66-68, for further discussion of this collection.

The text begins :

QVelli che sono alleuati dourebb ono bene intendare...;
Fable 1 begins :

Conta lossenpro che uno ghallo andando insuno....

3. *Florence, Bibl. Med.-Laur., Cod. Gadd. Rel. CLXXVI.* (24).

Parchment MS. of the XIV century; quarto, 200 x 140 mm. There are sixty-four folios, of which fols. 62b, 63 and 64 are blank, by the erasure of former writing. Designs in color and ornate initials are found.

The manuscript contains only the Fables of Æsop; the collection is that *Per Uno da Siena*, consisting of a prologue and sixty-three fables in the usual order (25).

The text begins :

ESforzasi la presente scriptura accio che con / dilecto...;
And ends :

Et p(er) lo puro e senplicie pastore / colui che parla cio che egli a in cuore. Amen.

---

24. Cf. (a) Bandini, II, col. 174; (b) Ghivizzani, p clxvii, (c) Hervieux, I, 639; (d) *Favole di Esopo, volgarizzate per Uno da Siena*, Felice Le Monnier, Firenze, 1864, Introd., p. ii. (This edition of the *Per Uno da Siena* collection is a literal publication of the text contained in this manuscript); (e) In the card catalogue of the Bibl. Naz. Magliabecchiana, at Florence, is a card for this manuscript, which states that the manuscript was removed from that library to the Bibl. Mediceo-Laurenziana. 25. For a discussion of this collection cf. pp. 31-32 ; for the order cf. the table on pp. 37-39.

4. *Florence, Bibl. Naz. Magliabecchiana, Cod. Palatino 92.*
(26).

Paper MS. of the XV century; folio, 217 x 212 mm. There are ninety folios, numbered iv–86; of these, fols. iii., iv., 55b–56, and 84b–86 are blank. The titles are in red; there are no designs or colored initials. At the bottom of fol. 1a. is the following ex-libris: "Q(uesto) libro e di Piero di Simone del Nero, donatomi da S(er) Antonio già Sagrestano degli Innocenti, addi....d'ottobre 1580 ⊥ " (27); again, on the upper margin of fol. 61a. is the date: "A di 20 di Mago 1522."

Contents:

1. Volgarizzamento, parte intero e parte abbreviato, della Somma di Frate Lorenzo Gallo, attribuito a Sere Zucchero Bencivenni, fols. 1a-55a, 57a-66a.

2. Esopo Volgare, 66b-84a.

The Esopo Volgare is the collection called from the library reference *Palatino I.* There are forty-six fables, with a prologue, numbered, as if chapters of the *Somma* preceding, from 37 to 81; by an error, the fable of the " Man and Stags " has no title or number. (28).

---

26. Cf. (a) Ghivizzani, p. clxxii; (b) Hervieux, I, 639; (c) Palermo, I, 162 (does not describe fables); (d) Giusti, *Esopo Volgare*, Lucca, 1864, 106pp. (This is a reprint of the text contained in this manuscript, with a six-page introduction signed by Bongi, del Prete, Minutoli, and Pierantoni); (e) G. Poggiali, *Serie de' Testi di Lingua*, Livorno (Masi), 1813, I, 132, No. 155. 27. Salviati (*Avvertimenti*, II, Parte Prima, p. 117), doubtless has reference to this manuscript, when speaking of an Æsop among the books of Pier Simone del Nero, though a note on the cover of Cod. II. IV. 94, Bibl. Naz. Magliabecchiana, Florence, claims this reference for Cod. Plut. XLII. 30, Bibl. Med.-Laur., Florence (Cf. p. 8), (Cf. p. 14, fn. 39). 28. For further discussion of this collection, cf. p. 43; for the order cf. the table on pp. 66-68.

The text begins :

( ) Sopo ualentissimo huomo mando uno libretto....;

And ends :

no(n) si lasciano adualenti huomini sono onarati e piaciuti.

5. *Florence, Bibl. Naz. Magliabecchiana, Cod. Palatino 200,
    Old No. E. 5.3.36.* (29).

Paper MS. of the XV century, folio, of which fols. 35-38, 49, and 84b-85 are blank. The writing is in different hands. At the end of the manuscript, in a hand much later than that of the fables, is the date : "die xxvi januarii hora tertia jam preterita M. cccc. lxxiij."

The manuscript contains a large number of pieces, among them, on fols. 31a-34b, a collection of fables, which I have called from the library reference: *Palatino II.* The fables are fourteen in number without a prologue. (30).

The text begins :

Qui inchomincano le favole disopo / Del ghallo e della pietra preziosa / Chonta lisopo che una volta...;

And ends :

Chosi aviene occhi guarisce malva / gii huomo chessia potente chetta / (*col.* 2) nto quanto glise bisognio ti richiede diss (er) vigio e poi ti sara ma patti.

---

29. Cf.(a) Hervieux, I, 642 ; (b) Palermo, I, 359; (c) Gentile, I, 211. (For this reference, cf. Hervieux, I, 642). 30. For further discussion of this collection, cf. p. 44 ; for the titles and fable-order, cf. the table on pp. 66-68.

6. *Florence, Bibl. Naz. Magliabecchiana 928.* (31).

Paper MS. of the beginning of the XIX century, 243 x 166 mm. There are thirty-two folios, of which fols. 31b and 32 are blank.

This manuscript only contains a modern copy, with modernized spelling, of the *Rigoli* fable collection (32), contained in Cod. 1088, Bibl. Riccardiana, Florence. (33).

7. *Florence, Bibl. Naz. Magliabecchiana, Cod. II. II. 83.* (34).

Paper MS. of the XIV and XV centuries; large quarto, 295 x 220 mm. There are two hundred and fifty-two folios, preceded by thirty modern folios of description.

The manuscript contains a hundred and thirty-five different works, of which the fables of Æsop come first, in that part of the manuscript which dates from the fourteenth century. The text is ornamented with rude designs and with red titles.

The fables are the collection *Per Uno da Siena*, but possessing an additional fable: No. 64, "Fox and Crab." (35). The prologue is wanting. (36).

The text begins:

Al nome di dio amemen / Questo libro si chiama isopo volgarizato p(er) uno / dassiena.... ;

And ends:

ad alte / viche per loro non volessino ricievere....

---

31. This manuscript has been cited by no previous writer. 32. Cf. p. 44. 33. Cf. MS. No. 11, on p. 16. 34. Cf. (a) Ghivizzani, p. clxx; (b) Hervieux, I, 640. 35. This fable has been published in the *Favole di Esopo*, Firenze, 1864, (Cf. fn. 24 (d), above), pp. 166-170, and in Ghivizzani, pp. 239-249. 36. For further discussion of this collection, cf· pp. 31-32; for the titles and fable-order cf. the table on pp. 37-39.

8. *Florence, Bibl. Naz. Magliabecchiana, Cod. II. IV. 94.*
(37).

Paper MS. of the XIV century; quarto, 280 x 200 mm.
There are forty-nine folios, though by a mistake in numbering (No. 27 following No. 25) there seem to be fifty; fols.
47b-49b bear no writing. There are no designs, but the
fables and morals have colored titles and initials. The manuscript bears notes and marks by Antonio Maria Salvini and
by Niccolò Bargiacchi. On the back of the third fly-leaf is
the following note referring to Cod. Plut. XLII. 30, Bibl.
Med.-Laur., Florence (38) : "2 Niccolo Bargiacchi, Favole
d'Esopo Citata dal Vocabolario in S. Lorenzo al Banco 42
dietro al Viaggio d' Gerusalemme di M(essere) Giorgio di
Guccio, vi sono le favole di Esopo recate di Gramatica in
Volgare, il quale mi dove questha Sentenza della favola ha
Chiosa. Vedi il Salviati, Avvert. Libro 2o., part. prima, p.
117, ad. in Venezia." (39). A card in the catalogue of the
Magliabecchian Library says that this manuscript was sold
to the library in 1836 by Averardo Barghiacchi.

The manuscript contains only the fables of Æsop, the collection being that *Per Uno da Siena.* There are the usual
sixty-three fables in the regular order; the prologue is wanting. (40).

---

37. This manuscript has been cited by no previous writer.
38. Cf. MS. No. 1, p. 8. 39. This reference to Salviati concerns
an Æsop among the books of Pier Simone del Nero, which probably does not refer to the Laurentian manuscript, but to Cod. Palatino 92, Bibl. Naz. Magliabecchiana, Florence (Cf. MS. No. 4, on p.
11), as this manuscript bears a note to the effect that it was once the
property of Pier Simone del Nero. 40. For further discussion of this
collection, cf. pp. 31-32; for the titles and fable-order, cf. the table on
pp. 37-39.

The text begins :

Questo libro si chiama Isopo Volgharezzato per uno dasi / ena Et chominca del ghallo che cerchaua dellescha / nella bruttura e trovo la pietra preziosa Ca(pitolo) p(rimo)....;

And ends :

Finito.   Ellibro di Ysopo del quale piaccia Addio ch(e) / chi lo leggie Ne traghi qualche frutto.   Amen.

9.   *Florence, Bibl. Naz. Magliabecchiana, Cod. VII. IX. 375.* (41).

Paper MS. of the XV century ; small quarto, 212 x 144 mm.   There are a hundred and twenty-nine folios with a parchment fly-leaf at each end ; fols. 3 and 102b–129b are blank.

The fables occupy fols. 92b–102a, coming at the end after a table of contents and ninety folios of sonnets.   There are five fables in all belonging to the *Anonymous Collection in Verse* (42) ; the fifth fable is unfinished.

The fable-text begins :

Questa sie la fauola dellione e delluomo / ····

And ends :

gli fu porto / mappur sessi chettorno alchasalingho.

10.   *Florence, Bibl. Naz. Magliabecchiana, Cod. XXI. VIII. 87.*   (43).

Paper MS. of the XV century, 237 x 169 mm. in size. There are a hundred and seventy-one folios, of which fols. 103b–108b, 109b, 120, and 171b are blank.   The manuscript originally contained more folios, as the present numbering begins with No. 91 on fol. 1.   Designs for the various works are found.

---

41. Cf. (a) Ghivizzani, p. clxxi ; (b) Hervieux, I, 641. 42. For a discussion of this collection, together with the titles and fable-order, cf. pp. 39-41. 43. Cf. Ghivizzani, p. clxix.

The fables occupy fols. 1a-70b, being followed by the two works : *Gieta e Birria* and *Burchiello*. The fables are the last forty-eight of the collection *Per Uno da Siena*, the first fifteen fables of the collection having probably been on the lost folios which preceded fol. 1 of the present numbering (44) ; beginning with No. 16 of the usual order, they go on to the end in the regular sequence (45).

The text begins :

a tormentare lanime non con mise / ricordia ma con giustizia . . . ;

And ends :

ciaschuno chessi veste onbito di penitenzia / et fa male / finis.

11. *Florence, Bibl. Riccardiana, Cod. 1088.* (46).

Paper MS. of the latter part of the XIV century ; folio, 305 x 230 mm. There are seventy folios, of which the first two are blank, the last four written in a different fifteenth century hand, and fol. 59b in a still later hand.

The *Volgarizzamento delle Favole di Esopo* comes first, occupying fols. 3a 14a ; it is followed by the *Canzoniere di Petrarca*, the *Vendetta de la Morte di Cristo*, and *Rime Varie*.

The fables are the *Rigoli Collection*, so-called from the name of the editor (47) ; there are fifty-four fables and a

---

44. Cf. the description of the MS. above. 45. For discussion of this collection cf. pp. 31-32 ; for the titles and fable order cf. pp. 37-39. 46. Cf. (a) *Inventario e Stima*, p. 26, No.1088 : (b) *Indici e Cataloghi*, XV, I, fasc. 2, p. 82, No. 1088 (Old No. O. IV. 42) ; (c) Ghivizzani, pp. clxiii-clxiv ; (d) Hervieux, I, 638 ; (e) Rigoli (Cf. Bibliography No. 20 ; this is the publication of the fable collection contained in this manuscript). 47. The Academician Luigi Rigoli, cf. fn. 46 (e).

prologue, though by the omission of the number of Fable 32 there seem to be but fifty-three fables (48).

The text begins :

Questo libro si chiama Isopo dele favole traslatato di...;

And ends :

esperienze diveri e buonj exe(n)plj— / deo gratias am(en)

12. *Florence, Bibl. Riccardiana, Cod. 1338.* (49).

Paper MS. of the XIV century, 292 x 205 mm. There are a hundred and nine folios, of which fols. 62, 82, 97-99, 106 and 109 are blank; two folios are wanting at the beginning, as is shown by an old numbering. The initials are colored and decorated. On fols. 107b-108b, are scribbled, in a six-teenth century hand, several names of unknown persons and the date, "Venerdi, addi 15 di Settenbre 1503."

The manuscript contains some fifteen various pieces; the seventh of these, occupying fois. 49a-61b, is the *Favole di Esopo.* These fables, sixty-two in number with a prologue, form the *Riccardian Collection* published by Ghivizzani in 1866 (50).

The text begins :

Qui chomincia il libro delle favole d' Isop / poeta.

---

48. Rigoli, in editing this collection, followed the manuscript in omitting the number 32. For further discussion of the collection, cf. p. 44; for the titles and fable-order, cf. the table on pp. 66-68. 49. Cf. (a) *Inventario e Stima,* p. 30, No. 1338; (b) *Indici e Calaloghi,* XV, I, p. 397, No. 1338; (c) Ghivizzani, pp. clxii–clxiii; (d) Hervieux, I, 637. 50. Cf. the Bibliography, No. 7, for Ghivizzani's work; for a discussion of the collection, cf. p. 32; for the titles and fable-order, cf. pp. 37-39.

18

And ends:

Esplicit liber esopo, deo gratias, amen. amen. amen.

13. *Florence, Bibl. Riccardiana, Cod. 1591.* (51)

Paper MS. of the XV century; quarto, 233 x 166 mm. There are two hundred and twenty-two folios, preceded by one folio marked A. Fol. 222 is of parchment; fols. 29a, 31b, 47b, 48-51, 175b-181b, and 218-221 are blank. There are red titles and designs in color. On fol. A are various notes, one of which states the date of the acquisition of the manuscript, by a certain ...., as May 30th, 1480. Below this are the following entries:

"Di Pierfranco Giovanni detto l'annebiato / nell' accademia della Crusca;"

"Di Simone di Gio. Berti nell' Acca—/ demia d(e)lla CRVSCA cognomiato lo / Smunto. / Comprai ad' 13 di ottobre 1628 con altri / libri fo conto costi mj 2..."

Throughout the work, and especially in the text of the fables. are found the annotations of "lo Smunto;" perhaps the coat of arms, silver devices on a blue ground, at the bottom of fol. 1a, may be his.

The manuscript contains some ten pieces of various sorts, the *Favole di Esopo,* which occupy fols. 85a-170b, coming as the seventh. The fables, sixty-three in number without any prologue, form the collection *Per Uno da Siena* (52). At the end is a note referring to the copying of the fables in 1462.

51. Cf. (a) *Inventario e Stima*, p. 35, No. 1591; (b) Ghivizzani, p. clxiv; (c) Hervieux, I, 638. 52. For discussion of this collection, cf. pp. 31–32; for the titles and fable-order, cf. pp. 37–39.

The text begins :

chomincia / illibro disopo delle favole e p(r)ima...;

And ends :

cholui / che parla cio chelli a in chuore :— / finis.

14. *Florence, Bibl. Riccardiana, Cod. 1600.* (53)

Paper MS. of the first part of the XV century ; quarto, 218 x 145 mm. There are a hundred and nine folios, of which fols. 92 and 107b–109b are blank. The titles and initials are in red.

The fables come first, occupying fols. 1a-91b ; they are followed by *Rime Varie*. The fable collection is that *Per Uno da Siena*, consisting of the usual sixty-three fables in the regular order ; the prologue is wanting. (54)

The text begins :

Questo libro si chiama isopo delle favole e / chomincio...;

And ends :

pastore choluj ch / e p(ar)la cio chegli a in quore.

15. *Florence, Bibl. Riccardiana, Cod. 1645.* (55)

Paper MS. of the end of the XIV or beginning of the XV century ; folio, 275 x 220 mm. There are sixty-seven folios, preceded by a folio of parchment ; all bear writing. On the

---

53. Cf. (a) *Inventario e Stima*, p. 36, No. 1600 ; (b) Ghivizzani, p. clxv ; (c) Hervieux, I, 638. 54. By a mistake in numbering, through the omission of number 39, there appear to be sixty-four fables. For discussion of this collection, cf. pp. 31-32 ; for the titles and fable-order, cf. pp. 37-39. 55. Cf. (a) *Inventario e Stima*, p. 36, No. 1645 ; (b) Ghivizzani, p. clxiv ; (c) Hervieux, I, 638.

recto of the parchment leaf are two stanzas, of three lines each, concerning the passing nature of all things; on the verso are some meaningless scrawls. There are occasional annotations to the fable-text in a later hand.

The fables are the last of five works, and cover fols. 23a–67b; they form the collection *Per Uno da Siena*, and are of the usual number and in the regular order. (56). The Latin couplets, which form the morals of the fables of Walter of England, are reproduced here; that after Fable 37 is wanting, and those of Fables 55, 61 and 63 have four lines instead of only two, the usual number.

The text begins:

Sforzasi la presente scrittura accio che con diletto...;

And ends:

cio chegli a in quore—/ (four Latin verses) / Explicit.

16. *Florence Bibl. Riccardiana, Cod. 2805.* (57)

Paper MS. of the beginning of the XV century; folio, 235 x 168 mm. There are a hundred and twenty-eight folios, of which fols. 36b–39b and 128b are blank, and fols. 33b–36a in a modern hand. There are uncolored designs; the initials, except the first are lacking. On fol. 1a, at the top, is the following mark of ownership: "Di franco Venturj."

The fables, occupying fols. 40a–128a, are the last of the three pieces contained in the manuscript; they form the collection *Per Uno da Siena*, and are of the usual number in the

---

56. For discussion of this collection, cf. pp. 31-32; for the titles and fable-order, cf. pp. 37-39. 57. Cf. (a) *Inventario e Stima*, p. 55, No. 2805; (b) Ghivizzani, p. clxv; (c) Hervieux, I, 638.

regular order; the prologue is wanting. (58) By a double mistake, Fables 39-41 bear the numbers 40-42 ; elsewhere the numbering is correct.

The text begins :

Questo libro si chiama ysopo delle favole et / chomincia... ;

And ends :

Choluj che / parla cio chegli a in chuore / Spiritu / FINIS.

17. *Florence, Bibl. Riccardiana, Cod. 2971.* (59)

Five paper MSS. bound together ; the first two are of the XV century, the others of a later date. There are four hundred and ninety-four folios in all.

The second manuscript contains the fables ; it is 217 x 145 mm. There are sixty-five folios, Nos. 76-140 of the whole manuscript.

The fables occupy fols. 106b–109a, being preceded and followed by various other pieces in verse ; they are but three in number (the third being unfinished), and belong to the *Anonymous Collection in Verse.* (60)

The text begins :

Fauole disopo / Qualunq(u)e una favola disopo / avoler...;

And ends :

chome sua natura / chome leda la vita mendichando.

---

58. For discussion of this collection, cf. pp. 31-32 ; for the titles and fable-order, cf. pp. 37-39. 59. Cf. (a) *Inventario e Stima*, p. 57, No. 2971 ; (b) Ghivizzani, p. clxvi; (c) Hervieux, I, 638. 60. For discussion of this collection and for the titles and fable-order, cf. pp. 39-41.

18.　*Ferrara, Biblioteca Comunale, Cod. 340. NB. 5.*　(61)

Paper MS. dated 1719, small octavo.　There are sixty folios, of which fol. 60 is blank.

The library catalogue says : "Copia fedele tratta dall'o-riginale edictente presso il Dr. Anto. Ma. Salvini nel 1719. Vide Meletius monachus No. 34." By a comparison of the beginning and ending of this manuscript with those of Cod. II. IV. 94, Bibl. Naz. Magliabecchiana, Florence, (62) it would seem that the latter manuscript is the original of the Ferrarese copy ; this opinion is further confirmed by the fact that the Florentine manuscript bears annotations in the hand-writing of Dr. Salvini, and only came into the possession of the Magliabecchian Library in 1836.

The manuscript contains only the fables of Æsop, the collection being that *Per Uno da Siena ;* there are the usual sixty-three fables in the regular order ; the prologue is wanting.　(63)

The text begins :

Questo libro si chiama Isopo volgha / rezzato per Uno da Siena.　Et cho / minca del ghallo che cerchaua / dellescha nella bruttura, e trouò la prieta pretiosa...;

And ends :

Finito.　El libro di ysopo del quale piacca / Addio che chi lo leggio ne tragha qualche / frutto.　Amen.

19.　*London, British Museum Library, MS. Additional 10389.*
(64)

Paper MS. of 1462.　There are fifty-seven folios ; a folio is

61. Cf. Hervieux, I, 643-644. 62. Cf. pp. 14-15. 63. For discussion of this collection, cf. pp. 31-32; for the titles and fable-order, cf. pp. 37-39. 64. Cf. Ward, *Catal. of Romances*, II, 331-334. (The accompanying description is taken from Mr. Ward's article).

lost after fol. 27. There are initials in red and blue and seventy-six colored designs. On fol. 1, at the bottom, is a shield with the arms : "Bendy nebula of 8, argent et gules," and the motto on a lozenge at the side : "Pax æterna;" these arms reappear on the trappings of a horse in a design on fol. 54. On fol. 57b is the colophon : "De sorio Jhoanes benedictus aurifex scripsit die. 15. augustij 1462. in contrata sancti salvarij. PAX ÆTERNA."

The fables come first, occupying fols. 1–54; they are followed by the *Epitaph of John Visconti, Duke of Milan,* and by a *List of the Early Doges of Venice.* The fables consist of the Latin collection by *Walter of England* (65), followed by the Italian Sonnets of *Accio Zucho* (66); part of Fable 33 is lost, otherwise the collection is complete.

The fables are introduced by the title : "Incipit liber Exopi Zucarini editi a Zucone de suma Campanea."

The text begins :

El me convien uestir de laltrui fronde /
Perche lenzeguo mio troppo e ligiero / ...;

And ends :

Che del pronome mio saper si lagua /
Risponde il zucho da soma campagna.

20. *London, Phillips Library, Cod. 2749.* (67)

Parchment MS. of the XV century, small quarto. There are ninety-eight folios numbered, preceded and followed by two blank folios.

---

65. For this Latin collection, cf. Hervieux, I, 472-634; II, 314-351. 66. For discussion of this collection, cf. p. 33 ; for the titles and fable-order, cf. pp. 37-39. 67. Cf. Hervieux, I, 644-645, whence the accompanying description is taken.

The fables come first, occupying fols. 1a-8lb; they are followed by the *Lavori di Ercole* and by an *Epistola ad D. P. Sano*. The fable-collection is that *Per Uno da Siena*, consisting of the usual number of fables, with the prologue, in the regular order. (68)

At the beginning is a table of the fables followed by a preface.

The text begins:

Qui commencia li capitoli de Eso- / po et prima fa il suo prologo....;

The preface begins:

Incomi(n)cia il prologo soura la tras / lacione de Esopo...;

The prologue begins:

Comi(n)cia el prohemio esposto soura Exopo...;

21. *Milan, Biblioteca Trivulziana, Cod. 133.* (69)

Paper MS. of the XV century, folio. There are twenty-nine folios.

The fables come first, occupying fols. 1a-25b; they are followed by *Ammonimenti sulla Donna*, and by the *Libro di Cato*. The collection is that *Per Uno da Siena*, consisting of the regular sixty-three fables together with the prologue. (68)

The text begins:

Isforzasi la presente scriptura accioche de diletto...;

And ends:

Qui si termina lo picciolo Ysopacto, et sempre sia Dio laudato et benedicto! Amen.

---

68. For discussion of this collection, cf. pp. 31-32; for the titles and fable-order, cf. pp. 37-39. 69. Cf. (a) Porro, *Cat. dei Manoscritti della Bibl. Trivulziana*, Torino, 1884, p. 148 (whence is taken the accompanying description); (b) Hervieux, I, 643.

22. *Naples, Biblioteca Nazionale, Cod. "Libro della Virtù."* (70)

Paper MS. of the XV century. The full title is: "Libro della Virtù e Proprietà degli Animali, ridotto allo spirito per Frate Guidotto da Bologna. Et è chiamato: 'Fiore di Virtù Maggiore.'"

The fables are sixteen in number, and form the collection *Libro della Virtù.* (71)

23. *Rome, Biblioteca del Vaticano, Cod. 4834.* (72)

Parchment MS. of the XIV century. The manuscript is composed of different fascicules, one of which, consisting of twenty-four folios, contains a collection of fables.

The fables, entitled *Apologhi Verseggiati* (73), come after a *Vendetta di Cristo*, and occupy fols. 13b–24b; the last fable is unfinished. Both of the pieces of this manuscript are in the "dialetto reatino"; they are in the same handwriting, which closely resembles that of Cod. Ashburnhamiano 13 (formerly 834).Bibl. Med.-Laur., Florence, which is dated 1387; the Vatican manuscript may therefore be assigned with probability to the fourteenth century.

---

70. This description is from a letter of the librarian, Sig. Alfonso Miola; he also refers to an article by himself in: *Le Scritture in Volgare dei primi Tre Secoli della Lingua, ricevate nei Codici della Bibl. Naz. di Napoli*, Bologna, 1878, Vol. I. 71. For this collection, and for the titles and fable-order, cf. pp. 41-42. 72. Cf. E. Monaci, *Rendiconti della Reale Accademia dei Lincei, Classe di Scienze Morali, Storiche, e Filologiche.* Serie V, Vol. I, Roma, 1892, pp. 666-681: *Apologhi Verseggiati in Antico Volgare Reatino, tratti da un codice della Vaticana.* (Whence is taken the accompanying description). 73. For description, cf. pp. 33-34; for the titles and order, cf. pp. 37-39.

The text begins :
1. De la cane e dell' altra cane.
La cane era prena & uolia fetare...;
And ends :
ad omo, ne ad amico falledore.
24. (De)lla troia & de lupo.

24. *Siena, Biblioteca Comunale, Cod. A. VIII. 8.*   (74)
Paper MS. of the XVIII century.

The manuscript contains the sixty-three fables, without the prologue, which compose the collection *Per Uno da Siena*. These have been copied from an older manuscript, which, from the similarity of their texts to the opening words of this manuscript, given below, would seem to be one of the two manuscripts : Cod. II. IV. 94, Bibl. Naz. Magliabecchiana, Florence (75), or Cod. 34, Bibl. Arcivescovile, Udine.   (76)

The text begins :
Questo libro si chiama Isopo volgarizzato per Uno da Siena.   Et comincia del Ghallo che cerchava dell' escha nella bruttura e trovo la pietra preziosa.   Cap.   Primo
....;
And ends :
Finito el libro d' Ysopo del quale piaccia a Dio che chi lo leggie ne tragga qualche frutto.   Amen.

25. *Udine, Biblioteca Arcivescovile, Cod. 34.*   (77)
The following letter, due to the courtesy of the librarian, is my only means of describing this manuscript.

---

74. Cf. (a) *Catalogo della Bibl. Comunale di Siena*, Ed. Ilari (no place nor date), Vol. I, Sez. XVII, p. 236 (whence the accompanying description is taken); (b) Hervieux, I, 642. 75. Cf. pp. 14-15, No. 8. 76. Cf. No. 25, below. For discussion of this collection, cf. pp. 31-32; for the titles and fable-order, cf. pp. 37-39. 77. Cf. *Esopo Volgarizzato per Uno da Siena*, Udine, Onofrio Turchetto, 1851, Preface, p. *v.*

"Signore,

E in questa Biblioteca Arcivescovile il Manoscritto delle Favole di Esopo, Volgarizzato per uno da Siena. Porta il No. 34.

Comincia : 'Al nome d'Iddio Amen. Questo libro si chiama Esopo volgarizzato per uno da Siena.'

Finisce : 'Finito il libro di Isopo. Scritto per Francesco Orlandi a Montevarchi per la moria anno 1449 del mese D'Ottobre di mia mano propria.'

[Signed],

Udine, 26 agosto, 1897.   Jac. Nicolo Pojani."

This manuscript, according to the editor of the 1851 edition of the *Per Uno da Siena Collection* (78), is the *Cod. Mocenigo*, published by the Abbe Pietro Berti (79). This statement is confirmed by the agreement of the foregoing manuscript citations with the wording of a facsimile of the *Cod. Mocenigo* which Berti prints at the end of his fable text (p. 199). This facsimile reads as follows, after a design of the " Wolf and Shepherd " at the top :

" Finito Illibro disopo. delquale piaccia addio che / chi lo legge. ne tragha quel frutto. checci fa bi / sogno allanima e alccorpo.

Scritto. p(er) frannescho Horlandj amo(n)teuarchj / p(er) lamoria. an(n)o 1449. del mese dottobre / di ? (*sic*) mia mano propia."

---

78. Cf. p. 26, fn. 77. For discussion of the collection, cf. pp. 31-32; for the titles and fable-order, cf. pp. 37-39. 79. *Esopo, Volgarizzato per Uno da Siena*, Padova, nel Seminario, 1811 (P. Berti, editor). Berti called his manuscript the *Cod. Mocenigo* from the name of the old patrician family at Venice that once owned it.

The agreement of the Udine manuscript with this facsimile is very close, the differences being probably due to a hurried copying of the obscure text by Sig. Pojani; possibly, however, the Udine manuscript is a later copy of the Cod. Mocenigo. (80).

26. *Venice, Bibl. Naz. di S. Marco, Cod. Cl. IIa. XXV.* (81)
Paper MS. of the XV century; quarto, 277 x 205 mm. There are seventy-two folios, of which fols. 22, 23, and 24 are blank. At the end of the manuscript is a parchment fly-leaf bearing, among other scraps of writing, the date: "a di 18 dottobre 1487."

The fables are the second work contained in the manuscript, oocupying fols. 25a–66b; they are preceded and followed by translations from the works of Cicero and Seneca. The collection is that *Per Uno da Siena;* there are the usual sixty-three fables, with a prologue; the order is also as usual except for fables 12–22, where it is as follows: Cod. 12–16 equals Usual Order 18–22, Cod. 17–22 equals Usual Order 12–17. (82).

The manuscript is called the Cod. Farsetti from the name of the library to which it belongs, now merged in St. Mark's Library at Venice.

---

80. The following are references to the supposedly lost *Cod. Mocenigo:* (a) Ghivizzani, pp. xcvii-xcix; (b) Hervieux, I, 638, under Cod. 1591, Bibl. Ricc., Florence. 81. Cf. (a) G Vanni, *Volgarizzamento delle Favole di Esopo*, Firenze, 1778 (Mani, *editor*), the fable-order, as well as the wording of the text, shows this edition to have been taken from this manuscript; (b) Ghivizzani, p. clxxx, Hervieux, I, 646, and Berti (Cf. p. 27, fn. 79), pp. i-xiii, mention this manuscript without describing it. 82. For this collection, cf. pp. 31-32; for the titles and usual fable-order, cf. pp. 37-39.

The text begins :

( ) forzasi la presente scriptura accio che co(n) dilecto /
...;

And ends :

che dice co(n) la lingua cio che gli a in Cuore.   Amen.

27.   *Verona, Biblioteca Comunale, Cod. 213 (Old No. 528-529).*
Sub-reference :   Cl. B. L. 65, Fil. 47, Ubic. 119. 3.   (83)

Parchment MS. of the XV century, 211 x 143 mm.   There
are seventy folios, of which fols. 21, 30, 69b, and 70 are blank,
fols. 21 and 30 being also new.

The fables come first, occupying fols. 1a-65a ; they are
followed by *Le Quattro Virtù Cardinali*, and by *Illustrazioni.*
The collection is that *Per Uno da Siena*, in the regular order
and originally of the usual number (84) ; now, however, the
fable "Land Free and in Slavery" and the first part of the
fable "Frogs desiring King" have been lost on the original
fol. 21, and parts of fables "Goat, Kid and Wolf" and "Man
and Serpent" on fol. 30.

The text begins :

Sforzasi la presente scriptura accio / che con dilecto...;

And ends :

cio chegli ha in cuore.   Deo gratias Am(en) / Finis :
Laus Deo.

---

83. Cf. Hervieux, I, 642-643 (refers to the old number of the MS.)
84. For discussion of this collection, cf. pp. 31-32; for the titles and
fable-order, cf. pp. 37-39,

b. A French Manuscript of the Fables of Marie de France. (85).

Pai is, Bibl. Nationale, f. f., Cod. 2173 (Old No. 7791). (86)

Parchment MS. of the XIII century, large quarto, of ninety-seven folios, written in two columns. The binding iy is of red leather and bears the arms of Phillipe de Bethune; no other marks of the manuscript's provenience are found.

The fables, occupying fols. 58a–92b, are the second of the seven pieces contained in the manuscript. There are a hundred and four fables, of which all but two are of the collection of French fables composed by Marie de France, only the fable of the "Monkey King" wanting to make the collection complete. The two extraneous fables are No. 60: "Bad Boy," and No. 102: "Man with Black Privates." The Prologue and Epilogue of Marie's collection are both found here. The fable text bears marks of erasure and correction in a later hand; there are no titles, but colored designs are found (87).

---

85. This manuscript contains that form of Marie's fables nearest the Italian translations. This form of her fables has been called in this dissertation: *Marie Q*, cf. p. 61. 86. Cf. (a) Warnke, *Fabeln*, p. vi; (b) Hervieux, I, 746-752. 87. For the full collection of the fables of Marie de France, cf. Warnke, *Fabeln* (Bibliography, No. 25), and Roquefort. *Poesies de Marie de France*, Paris, 1820 & 1832, 2 vols.

3. Italian Fable Collections Derived From Sources Other Than the Fables of Marie de France.

___

a. Collections derived from the Fables of Walter of England. (88)

(1). *Per Uno da Siena.*—A general examination of the manuscripts listed above (89) shows that fifteen of them, Nos. 7, 8, 10, 13–16, 18, 20–21, and 23–27, are all copies of a single collection of fables, and, moreover, that the individual fables in these manuscripts not only agree with each other in the text, but that they also, with a single exception (90), agree with each other in the relative positions, or order, of the fables.

This collection of fables is entitled from the signature of the translator, usually prefixed to the collection, the *Per Uno da Siena Collection.* (91) It is placed among the Italian

___

88. For Walter's fable collection, cf. Hervieux, II, 314-351. 89. Cf. the list on p. 7. 90. MS. No. 26, cf. p. 28. 91. The *Per Uno da Siena Collection* appears once in incunabulum form, published by Francesco Bonaccorsi, Florence, September 17th, 1496. This edition contains the Latin text of the fables of Walter of England and the Sonnets of *Accio Zuccho* (cf. p. 33), as well as the prose translation *Per Uno da Siena* (Cf. Hervieux, I, 645, and Ghivizzani, p. clxxvii, for further description). The edition contains two fables, "Merchant and Wife" and "Man and Pluto," which are not usually found in the manuscripts; they are reprinted in Ghivizzani's Appendix, pp. 165-169, and occasionally elsewhere. Modern editions of the *Per Uno da Siena Collection* are very common; none, however, contain any scientific study of the origin of the collection.

derivatives of the fables of Walter of England because of the exact agreement of its fables in number, subject and order, with those of Walter (92); furthermore, the Italian text is a close translation of Walter's verses, in many cases the Latin couplets of his morals being added to the Italian text. (93)

(2.) *Riccardiano.*—In manuscript No. 12 of the list (94), is a collection of Italian fables called, from the library where is the single manuscript containing it, the *Riccardiano Collection* (95) Like the collection *Per Uno da Siena* (96), the *Riccardiano Collection* agrees, with but the single exception that it lacks the fable of the "Eagle and Fox," with the collection of Walter of England in the subjects and number of the fables; the table-order of the two collections is also quite similar. (97). Besides the external agreement, the text of the *Riccardiano Collection* shows it to be a direct translation of Walter's fables, yet quite independent of the *Per Uno da Siena* translation.

---

92. For the order of Walter's fables, cf. Hervieux, I, 495-498, the two extra fables mentioned there, on p. 497, being included. Latin Fable 21, "Frogs desiring King," served as the basis for two Italian fables Nos. 21, "Land Free and in Slavery," and 22, "Frogs desiring King." 93. For the regular order of the fables of this collection, which agrees with that of the collections *Accio Zuccho* (cf. p. 33) and *Francesco del Tuppo* (cf. p. 34), cf. the table of agreement on pp. 37-39. 94. Cf. p. 7. 95. Care must be taken not to confuse this collection with the *Rigoli Collection*, whose manuscript is likewise in the Bibl. Riccardiana, at Florence, No. 1088 (cf. p. 16, No. 11). 96. Cf. p. 31. 97. For the order and agreement with Walter's collection, cf. the table on pp. 37-39. For further description, cf. the introduction of Ghivizzani, who publishes this collection. Fables 7, 51, 60, and 61 are reprinted from his edition in Vol. 91 of the *Scelta di Curiosità letterarie*, pp. 77-86. (Bibliography No. 23).

(3). *Accio Zuccho.*—In manuscript No. 19 of the list (98) is a third collection of Italian fables deriving from Walter of England's Latin collection ; it is called, from the name of its author, the *Accio Zuccho Collection.* This Italian translation is in sonnets, there being two for each fable ; first the *Sonetto Materiale* tells the story, then the *Sonetto Morale* follows with the moral conclusion. Like the two preceding collections, the *Per Uno da Siena* and *Riccardiano*, the *Accio Zuccho Collection* agrees with Walter's collection in the number, subjects and order of its fables (99) ; as the collection is in verse, the translation is not as close to the Latin as it is in prose translations. The *Accio Zuccho Collection* has the distinction of being the only Italian fable collection, appearing in manuscript form, that bears the name of its author. This signature is appended to all of the numerous incunabulum editions (100) in a form similar to the following taken from the first edition, printed at Verona in 1479 : "ACCII ZUCHI SUMMA / CAMPANEÆ / VERONENSIS VIRI / ERU-DITISSIMI IN / ÆSOPI FABULAS / INTERPRE-TATIO PER / RYTHMOS IN / LIBELLUM ZUCHARI-/ NUM INSCRIPTUM / CONTEXTA FOE- / LICITER INCIPIT."

(4). *Apologhi Verseggiati.*— Manuscript No. 24 of the list (98) contains a collection of fables in verse different from that in any of the other manuscripts. This collection consists of twenty-three fables, with the title of a twenty-fourth

---

98. Cf. p. 7. 99. For the fable-order and agreement with the fables of Walter of England, cf. the table on pp. 37-39. 100. Incunabula of this collection have been published as follows: 1479, Verona ; 1483, Venice ; 1493, Venice ; 1494, Bologna (not generally known) ; 1497, (a) Venice, (b) Milan ; 1498, Milan. There have been no editions since the sixteenth century, though the present writer hopes to sometime give one.

(showing that the collection is unfinished), in the "dialetto reatino;" the date is the end of the fourteenth century. (101) These fables have been edited, for the first time, by Prof. Ernesto Monaci (102), who discusses them and calls them the *Apologhi Verseggiati*, but who ignores the question of their origin. It needs but a slight study of the subjects, order, and *motifs* of the *Apologhi* to show that they are taken from the collection of Walter of England, for in his collection is to be found a fable corresponding to each of them, and there is also correspondence in the *motifs* and partial correspondence in the fable-order of the two collections (103). The translation is independent of any other Italian translation of Walter's fables.

(5). *Francesco del Tuppo.*—One collection, derived from Walter's Latin, does not appear in manuscript form, yet, as it dates from the fifteenth century, I have thought fit to include it. This is the collection first published by Francesco del Tuppo, at Naples, February 13th, 1485. (104)

The dedication of the work is as follows :

"Francisco del Tuppo Neapolitano allo illustrissimo Honorato de / Aragonia Gaitano. Conte de Fundi.

101. Cf. the description of MS. No. 23, p. 25. 102. In *Rendiconti della Accad. dei Lincei*, Serie V, Vol. I (1892), pp. 666-681 (cf. p. 25, fn. 72). 103. For the titles and fable-order, together with the correspondence with the fables of Walter of England, cf. the table on pp. 37-39. 104. Two other fifteenth-century editions of the *Francesco del Tuppo* Collection were issued in the year 1493, one at Aquileja, the other at Venice. There is no modern edition.

Collaterale dello Serenissimo / Re don Ferando. Re di Sicilia Prothonotario et Logotheta be / nemerito Felicitate."

The subscription reads :

"Francisci Tuppi Tuppi Parthenopei vtrivsque ivris / dissertissimi studiosissimique in uitam Esopi fabulatoris læpidissimi philosophique / clarissimi traductio materno sermone fidelissima ; et in eius fabulas allegoriæ cu (m) / exemplis antiquis modernisque finiunt fœliciter. Impressæ Neapoli sub Ferdinan / do Illustrissimo Sapientissimo atque Justissimo in Sicilæ Regno triumphatore. / Sub anno Domini M.CCCC.LXXXV. Die XIII. Mensis Februarii / Finis. Deo gratias."

The fables of the *Francesco del Tuppo Collection* (105) are translated directly from those of Walter of England, and agree with the latter collection in the number, subjects, and order of the fables (106) ; in fact, Walter's Latin verses accompany the Italian in all of the editions. The author of the *Del Tuppo Collection*, not content with a mere translation of Walter's text, added thereto various moralizations entitled respectively : *Tropologia; Allegoria* or *Exclamatio allegorica; Anagoge, Historialis Allegoria, Anagoge commixta Allegoriæ, Anagogiæ,* or *Allegoria adjuncta Anagogiæ ; Ex-*

---

105. For descriptions of this collection, cf. (a) C. de Lollis, *L'Esopo di Francesco del Tuppo* (Cf. Bibliography, No. 13) ; (b) Hervieux, I, 662-665 ; (c) G. C. Keidel, *Manual of Æsopic Fable Literature* (Friedenwald Press), Baltimore, 1896, Nos. 63, 72, 125, 132, 133, 134. 106. For the titles, order, and agreement with the fables of Walter of England, of the fables of this collection, cf. the table on pp. 37-39.

emplum, *Confirmatio cum exemplo*, *Exemplaris confirmatio*, *Imitatio*, or *Cronica*. The translation is independent of all other Italian translations of the fables of Walter of England.

Note : Attention may here be called to an incunabulum edition of Italian fables cited by Hain, but of which I have so far been unable to find a trace. Under No. 356, he gives the following notice :

(Æsopus) (italice per Facium Caffarellum) Qui si tractano le fabule de Exopo, transmutate dal dicto latino in vulgare per Mae-/ stro Facio caffarello da faenza : Ad contemplacione e instantia del Magnifico Misere Polidemas de la paglyara de salerno : de essere per impressione puplicate (*sic*) per lo egregio Maestro Octaviano Salomonius de manfridonia impressore in la cita de Cosenza. *In fine registri :* Cusentiæ *Seq. 5 ff.:* Cantilenæ tres in obitum Henrici de Aragonia Calabriæ Gubernatoris. *s. a. 4. g. ch. grandior. s. s. c. et pp. n. 49 ff.*

(Cf. Hain, *Repertorium Bibliogr.*, pp. 40-41, No. 356.)

(6). *A Table to show the Correspondence between the Fables of Walter of England and their Italian Derivatives.*

Walter of England.	Per Uno da Siena Accio Zuccho Del Tuppo	Riccardiano	Apologhi Verseggiati
Prologue—	x	x	0
1. Cock & Jewel	1	1	
2. Wolf & Lamb	2	2	
3. Rat, Frog & Kite	3	3	
4. Dog & Sheep	4	4	
5. Dog & Shadow	5	5	
6. Lion, Goat, Sheep & Ox	6	6	
7. Thief & Sun	7	7	
8. Wolf & Crane	8	8	
9. Two Bitches	9	9	1
10. Man & Serpent in Snow	10	10	2
11. Ass & Sow	11	11	3
12. Town Mouse & Country Mouse	12	12	4
13. Eagle & Fox	13		5
14. Eagle & Tortoise	14	13	6
15. Crow & Fox	15	14	7
16. Old Lion Sick	16	19	8
17. Ass & Lap-dog	17	20	17
18. Lion & Mouse	18	21	18
19. Young Kite Sick.	19	15	21
20. Swallow & Birds	20	16	
21. Land Free & in Slavery	21	17	
22. Frogs desiring King	22	22	
23. Doves & Kite	23	18	22
24. Dog & Thief	24	23	23

Walter of England.	Siena Zuccho del Tuppo.	Riccardiano	Ap. Vers.
25. Wolf & Sow.........	25	24	24 (title only)
26. Land which brought forth Mouse	26	25	
27. Lamb & Goat Mother	27	26	
28. Dog in Old Age	28	27	
29. Hares & Frogs	29	28	
30. Wolf & Kid	30	29	
31. Man & Serpent......	31	30	
32. Sheep, Stag & Wolf .	32	31	
33. Bald Man & Fly. ...	33	32	19
34. Fox & Stork	34	33	20
35. Wolf & Head........	35	34	
36. Crow in Peacock's Feathers	36	35	
37. Mule & Fly	37	36	
38. Fly & Ants	38	37	
39. Monkey Judge	39	38	
40. Man, Mouse & Ferret	40	39	
41. Ox & Frog..........	41	40	
42. Lion and Shephered .	42	41	
43. Lion & Horse	43	42	
44. Horse & Ass loaded..	44	43	
45. Bat, Bird & Beasts ..	45	44	
46. Sparrow-hawk and Nightingale	46	45	
47. Wolf, Fox & Shepherd	47	46	
48. Stag & Antlers......	48	47	9
49. Knight & Widow....	49	48	10
50. Youth & Courtesan ..	50	49	11
51. Father & Bad Son...	51	50	12

Walter of England.	Siena Zuccho del Tuppo	Riccardiano	Ap. Vers.
52. Viper & Anvil...............	52	51	13
53. Wolves & Sheep	53	52	
54. Man & Trees	54	53	14
55. Dog and Wolf	55	54	15
56. Ape & Fox	56	55	16
57. Merchant & Ass	57	56	
58. Stag & Oxen.................	58	57	
59. Belly & Members	59	58	
60. Jew & Seneschal.............	60	59	
61. Youth, Husbandman & Spend-thrift	61	60	
62. Sparrow-hawk & Cock.	62	61	
63. Shepherd & Wolf	63	62	

b. Anonymous Collection in Verse.

In manuscripts No. 9 and No. 17 of the list of extant manuscripts containing collections of Italian fables (107), are found the following six fables :

Fable-order—	MS. No. 9.	MS. No. 17
1. Lion & Man,	1	
2. Fox & Wolf in Well,	2	2
3. Lion, Fox, Sheep & Wolf,	3	
4. Lion & Mouse,	4	
5. Town Mouse & Country Mouse,	5	1
6. Ant & Grasshopper (beginning only)		3

All my attempts to find the source of these fables have yielded little or nothing ; Fables, 3, 4, 5, and 6 are well-known,

---

107. Cf. p. 7, and the descriptions of the manuscripts on pp. 15 and 21.

and appear in many collections; in no other collection, however, is the form so extended and amplified as in this. An example of this amplification may be seen in Fable 3, "Lion, Fox, Sheep and Wolf," where in this collection, after the prey has been taken, the Fox suggests a form of division which is overruled by the Lion, who then proceeds with his own selfish partition of the spoil. This two-fold division only occurs three times elsewhere, twice in the collection of Odo of Sherington (108), and once in that of John of Sheppay (109), and in none of these instances is the parallel exact.

Fables 1 and 2 are not so easily paralleled; Fable 2 has counterparts in mediæval Latin only in the collections of Odo of Sherington (110), and of John of Sheppay (111); elsewhere I have found only a contracted form in the *Roman de Renart* (112). For Fable 1, "Lion and Man," the only correspondent I have been able to find is the second fable of the collection of thirty-three Latin fables which Prof. Warnke publishes in the introduction to his edition of the fables of Marie de France (113), which he calls *Das Pariser Promptuarium Exemplorum*. In this Latin fable, the Lion goes

---

108. Fables 20 and 29, *Fabulæ additæ, Coll. Tertia*, cf. Hervieux, IV, 193, 416. 109. Fab. 5, cf. Hervieux, IV, 418. 110. Fab. 19, Hervieux, IV, 192. 111. Fab. 59, Hervieux, IV, 441. 112. E. Martin, *Roman de Renart*, Leipzig, 1880, *circa* p. 150. There is also some similarity between this fable and the fable: "Fox in Well and Sheep," Phaedrus, IV, 9 (Hervieux, II, 45), and Nicole Bozon, Fab. 10 (Hervieux, IV, 261). Furthermore, Regnier in his Lafontaine (*Gr. Ecriv. de la France*, III, 132), in the introduction to this fable, refers to Verdizzotti, 12, but in the 1822 edition (*Favole Mor. Antiche*, Verdizzotti, Milano, 1822) No. 12, "I Due Vasi," refers to "The Iron Pot and the Earthen Pot," and the "Fox and Wolf in Well" does not occur; Regnier was probably misled by the title. 113. Warnke, *Fabeln*, pp. lx-lxviii.

about asking various sorry-looking beasts who has thus used them so ill, and invariably he receives the answer " Homo." Wherefore he concludes that " Homo est mala bestia." Finally he finds this "Homo" caught in the split of a tree ; he releases him and gets caught himself for so doing. In the Italian a Man frees a Lion from a similar plight ; the Lion thanks the Man and begs the further favor of being allowed to eat him, as he is almost starved. As the man does not readily assent, they agree to leave the matter to three judges ; the first two consulted, the Horse and the Dog, have been ill-treated by the Man and give sentence of death ; the third, however, who is the Fox, says that she must see the Lion in his original predicament before deciding. The Lion unsuspectingly catches himself again in the tree and the Man and the Fox go away and leave him. The Man later proves unmindful of his debt to the Fox.

In all of the fables, the first few sentences are general and have little or nothing to do with the plot, and throughout the author loses no opportunity to branch out into description. The text of the two manuscripts show important variations as to the wording, but the *motifs* are similar.

From the lack of agreement between the fables of this collection and those of any other collection, I have classed these five fables apart under the title : *Anonymous Collection in Verse.*

c. Libro della Virtù.

In manuscript No. 22 of the list (114) is found a work called " Libro della Virtù ;" it is far beyond the limits of this dissertation to enter into a discussion of the " Libro della Virtù " and of its kindred " Fiore di Virtù," yet this particular

114. Cf. p. 7 and the description of the manuscript on p. 25.

copy contains sixteen fables, and must therefore be considered in the nature of a fable collection.

All my attempts to connect this collection as a whole with any other collection, by means of the number, subjects, or order, have failed completely; as may be seen from the titles below, a few of the fables are exceedingly common, while others are quite rare, and for the twelfth, "Del Chavallo Grasso e del Magro," I have not found a single corresponding fable. As the most of the " Fiore di Virtù " are collections of various stories, I judge that this work is of the same sort, and that the author drew on various fable collections as he saw fit (115).

The fable-order is as follows :

1. D'uno Peschatore ;
2. Del Lione e del Buoi e de Tori ;
3. Della Chapra e del Lupo ;
4. Del Villano e de Buoi ;
5. Delle Cichale e delle Formiche ;
6. Del Lupo e del Cerbio ;
7. Del Ladrone et del Lione ;
8. Della Rana et del Bue ;
9. Della Ghatta e del Topo ;
10. Della Gholpe e del Cerbio;
11. Come la Cornacchia si vesta dell'altrui Penne ;
12. Del Chavallo Grasso e del Magro ;
13. Del Toro e del Becco e del Lione ;
14. Del Lione e della Vacha et della Pecora e della Capra;
15. D'uno Uccello che si chiama Ibes ;
16. Del Pastore e del Serpente.

---

115. As the Nat'l Library at Naples was closed when I tried to see this manuscript, I have been unable to use the text of the fables in seeking their source. Ghivizzani (pp. 260-261) reprints a fable from the 1746 edition of the "Fiore di Virtù," which, by its text, is seen to come directly from the corresponding fable of Walter of England's collection (Hervieux, II, 322-323).

4. Collections derived from the Fables of Marie de France.

---

a. The Number and Names of the Collections, together with their Relations to one another.

Under the heading of *Italian Fable Collections derived from Sources other than the Fables of Marie de France* have been treated twenty-one of the twenty-seven manuscripts listed at the beginning of this dissertation (116). The six remaining manuscripts (117) contain the following collections:

(1). *The Isopo Laurenziano*, found in manuscript No. 1 (118), is a collection of forty-six fables, written in the latter half of the fourteenth century, by a scribe who had probably received monastic training. The collection is found only in this single manuscript, contained in the Laurentian Library, and is hence called the *Isopo Laurenziano* (119).

(2). *Palatino I*, is a collection of fables so named from the catalogue reference to the single manuscript containing it, No. 4 (120). There are forty-six fables in the collection, which agree perfectly in subject and order with those of the *Isopo Laurenziano* just described (121). The collection dates from the early part of the fifteenth century.

---

116. Cf. p. 7, Nos. 3, 7-10, and 12-27. 117. Cf. p. 7, Nos. 1, 2, 4-6, 11. 118. Cf. p. 8, No. 1, Bibl. Med.-Laur. Cod. Plut. XLII. 30. 119. For a full discussion of this collection, cf. Part II of this dissertation, where it is for the first time published, with an introduction and notes. For the titles and fable-order, cf. pp. 66-68. 120. Cf. p. 7 and p. 11, MS. No. 4, Bibl. Naz. Magliabecchiana, Cod. Palatino 92. 121. This collection has been once published, cf. *Esopo Volgare*, Lucca (Giusti *printer*), 1864. Fables 31, 37-39, and 46 are reprinted in *Scelta 91*, pp. 88-96; and Fab. 36, in Ghivizzani, pp. 233-238. For titles and order, cf. pp. 66-68.

(3). *Rigoli* is the name given to the collection of fables found in manuscripts No. 6 and No. 11 (122); the name is taken from that of the Academician, Luigi Rigoli, who first edited the collection in 1818 (123). There are fifty-four fables in the collection, written in the early part of the fourteenth century, by an unknown scribe. Of the two manuscripts containing the collection, the later, No. 6, is but a nineteenth century copy of the other. (122)

(4). *Laurenziano II* is an unpublished collection of fables contained in manuscript No. 2 (124); it consists of fifty-seven fables, though originally there were fifty-nine, as a folio has been lost from the manuscript in the middle of the collection, and there is also an *Index* at the beginning in which fifty-nine fables are listed. In subjects and order the fables are very like the *Rigoli Collection* just described (125). The collection is found only in the manuscript cited, which bears the date, on the modern binding, 1462 ; the author is unknown.

(5). *Palatino II*, named similarly to *Palatino I* from the catalogue reference, is found in manuscript No. 5 of the list (126). It consists of fourteen fables, which have never been

---

122. Cf. p. 7 and pp. 13 and 16, MS. No. 6, Florence, Bibl. Naz. Magliabecchiana, Cod. 928, and MS. No. 11, Florence, Bibl. Riccardiana, Cod. 1088. 123. *Volgarizzamento delle Favole di Esopo*, Firenze, 1818. In this edition the fables "Stag and Antlers" and "Knight and Widow" have been run together, as the latter has no title in the manuscript; in this dissertation they have been separated in numbering. Fables 8, 12, 20-22, 24, 29, 36-54 have been reprinted in Ghivizzani (pp. 170-233); Fab. 50 is also reprinted in *Scelta 91* (pp. 86-87). For the titles and fable-order, cf. pp. 66-68. 124. Cf. p. 7 and p. 9, MS. No. 2, Florence, Bibl. Med.-Laur. Cod. 649. 125. For the titles and fable-order, cf. pp. 66-68. 126. Cf. p. 7 and p. 12, MS. No. 5, Florence, Bibl. Naz. Magliabecchiana, Cod. Palatino 200.

published ; the single manuscript containing the collection is of the fifteenth century ; the authorship is not known (127).

Before entering upon the question of the origin of these five collections of Italian fables, I will briefly discuss their relations to one another.

To begin with a consideration of the fable-order in the various collections, it is found on the one hand that there is perfect agreement in order between the *Isopo Laurenziano* and *Palatino I*, while on the other hand *Rigoli*, *Laurenziano II*, and *Palatino II* show a general agreement with each other, as differentiated from the order of the *Isopo Laurenziano* and *Palatino I*. If we consider the *Index* only of *Laurenziano II* (128), we shall find that the first fifty-four of its fables agree exactly with the order of the *Rigoli* fables, the last five fables of *Laurenziano II* being added later. As already stated (128), however, the scribe did not follow the order of his *Index* exactly, hence there are slight variations from the prearranged order, as may be seen by referring to the comparative table of the fable-order in all of the foregoing five collections (129). *Palatino II* has also the order of *Rigoli* for its fourteen fables, except that it agrees with the *Isopo Laurenziano* and *Palatino I* in omitting the fable of the "Lion, Goat, Sheep and Wolf," because of its similarity to the preceding fable.

As the *Isopo Laurenziano* and *Palatino I* thus differ together from the remaining three collections, which also agree with each other in the main, it is possible to take this

---

127. For the titles and fable-order, cf. the table on pp. 66-68. 128. Cf. the description of MS. No. 2, on p. 9.   129. Cf. the table on pp. 66-68.

difference in fable-order as the basis for a temporary division into families, Family I being composed of the *Isopo Lauren-ziano* and *Palatino I*, and Family II of *Rigoli*, *Laurenziano II*, and *Palatino I*. (130)

The relations between these two families are very close, as is seen by a comparison of the titles of their individual fables, for, in spite of ordinal differences, all of the fables of Family I, with the single exception of the fable of the "Cock and Swallow," (131) are found in Family II, and there are but fourteen fables of the fifty-nine which appear in Family II, that are not also in Family I.

Now, while the foregoing division into families has apparent justification in the fable-order and in the titles for its existence, in order to assure it completely, and also to better determine the relations of the members in each family to one another, I have thought it best to make a textual comparison of certain individual fables, of the different collections, and to this end the following three fables, together with the prologues, have been chosen :

	Isopo Laur.,	*Pal. I*,	*Rigoli*,	*Laur. II*,	*Pal. II.*
Prologue,	Prol.	Prol.	Prol.	Prol.	0
Cock and Jewel,	1	1	1	1	1
Stag and Antlers,	30	30	31	29	0
Belly and Members,	33	33	34	32	0

The relations between the various collections is shown by the underlining (132).

---

130. Cf. the table on pp. 66-68 for the exact ordinal correspondenc·
131. This fable is not contained in the *Isopet* of Marie de France·
132. Universal correspondence is shown by a straight underline ; correspondences in Family I by a dotted line, as differentiated from Family II, shown by broken underline ; correspondence between members of different families by wave underline.

PROLOGUE.

Isopo Laurenziano:

Quelli, che sanno le scritture, dovrebbono bene mettere lo loro cuore nelli buoni exenpli & nelli detti di philosafi, ond'amendare, si potessano, q(u)elli che vivono disordinatamente ; che molti philosophici & altri savi lasciaro la scriptura dopo loro morte, p(er)chè le gienti si ghuardassano dalli malfattori. Romulus, che ffu inp(er)adore di Roma, si comandò al suo figliuolo com'elli si dovesse guardare p(er) esenplo *che huomo* nol potesse inghannare. Et l' Isopo similemente si mandò al suo maestro una pistola, che ffu molto bella d' asenpli, siccome voi udirete inanzi ; e molto se ne fanno maraviglia li savi che'l suo senno mise in tali exenpli, p(er)ochè paiono *quasi* favole alle gienti ; ma no(n) ve n'ae una sì picchola che non sia una philosofia a lloro intendimento, che llà è ; & q(u)esta pistola mandò elli scripta al suo maestro in linghua grecha, & poi si trallatò in francesco, & ora l'*o* traslatata il latino.

Palatino I:

*I*Sopo, valentissimo huomo, mandò uno libretto al suo maestro, il quale fu molto bello d' essempli, siccome voi udirete inanzi ; e molti se ne fan(n)o maraviglia che'l suo senno mectesse in tali exempli, peròe che paiono quasi favole, ma non ve n'è niuna sì piccola che non si quasi filosofia allo intendimento ch'ella a. Il lingua grecha la scripse, et poi si traslatò in latino, e di latino in vulghare.

Rigoli :

Quelli, che sono alleterati, dovrebbono bene mettere la loro chura ne buoni exempli de detti che i filosafi iscrissero, onde amendare, si dovessoro, choloro che vivono disordinata-mente. Molti filosafi e altri savii lasciarono scritture dopo

la morte loro, p(er)chè le genti si guardassero a diritto dagli'n-
ghannatori, che sono pieni d'iniquità. Romulus, che fue
imperadore di Roma, al suo figliuolo scrisse e mandò p(er)
exemplo, e al suo figliuolo gli mostrò chom'egli si dovesse
guardare, che huomo nollo potesse inghan(n)are. Isopo
simigliantemente scrisse al suo maestro una pistola, e mandògliele, e fu molto utile in più e molti essempli, sicchome voi
intenderete. E molti se ne fecero maraviglia come i suoi
essempli fossero utile, che paiono quasi favole a udire alla
gente, ma no(n) ve n'a niuno sì piccholo che no(n) sia filosofia
allo'ntendimento e agli assempli, che vi sono. Questi assempli mandò egli scritti al suo maestro i(n) lingua grecha,
e poscia la traslatò i(n) latina, cioè i(n) volghare, p(er) amore
d'una don(n)a che lo ne preghò. E io, il meglio ch'io potrò,
queste chose ritrarrò. E inchominciò lo primo exemplo, il
quale mandò al suo maestro, dicendo così.

Laurenziano II :

Quelli che sonno allevati dovrebbono bene intendere e
mettare la loro cura ne buoni exenpri e ne detti che philosaphi
scrissero, si amendare. si potessero, coloro che vivono disor-
denatamente. Molti philosaphi e altri savi lassavano scrittura
doppo la loro morte, perchè le ggiente si guardassoro da vizi
e da mali, e vivessero humanamente e civilemente, con chosì
guardassero dalli ingannatori e da quelli che sonno pieni
d'iniquità e malizie. Romulo, che fu inporadore di Roma,
mandò inscripto e mostrò per exenplo com'eglie si dovesse
ghuardare che huomo nollo potesse ingannare. E Ysopo
simigliantemente scrisse al suo maestro una pistola, che
fu m(o)lto bella, sicome voi udirete ; e molti se ne fero maraviglia che'l suo senno potesse essare in tali essenpri, che pare-
vano quasi ifavole a udire a le gienti qz / te (*sic*) cie n'a, non

è niuna si picola che non abbi essenpri filosafi allo intendimento e agli exenpri che vì sono. E questi exenpri mandò
scritto al suo maestro in lingua greca, e poscia la trasse i'latina. E qui di sotto saranno scritte le rubriche de capitoli
d'Isopo. E prima.

COCK AND JEWEL.

Isopo Laurenziano:

Dicie che uno ghalla, andando p(er) prochacciare sua
vivanda sue p(er) uno monte di letame, si guardòe e vide una
molta bella pietra pretiosa, & q(u)ando l'ebbe veduta, tenne
la mente e nolla ricolse, & disse : "Io vorrei inanzi avere trovato uno granello d' alcuna biada che tee, p(er)och'è mio
cibo, ma sse uno riccho huomo t'avesse trovata com'io, ricoglierebbeti & terrebeti molto cara, ma q(u)esto non ti farò
già io, anzi ti lascerò stare ; dacchè io non ti posso godere,
& non ti ricoglieròe ne honore non ti farò." (Et) così lasciò
stare.

Chiosa di q(u)esto Primo Capitolo.

Per q(u)esto assenpro potemo vedere che ssono molti huomeni, che viene loro una buona ventura alle mani, si nolla
sanno pigliare, tanto sono vili e pieni di pigheritia, anzi la
lasciano pigliare altrui, sicchome fece lo ghallo.

Palatino I:

*U*no gallo, andando prochacciando sua vivanda in sur uno
monte di letame, guardando, si vide una nobile pietra pretiosa ;
et quando l'ebbe veduta, tenne la mente et nolla ricolse, ma
disse : "Io vorrei innanzi ave(r)e trovato uno granello di
grano d'alcuna biada che te, peroch(è) non se mio cibo ; ma
sse uno riccho huomo t'avesse trovata com'io, ricoglierebbeti
e terrebeti molto cara ; ma questo non ti farò già io, anzi ti
lascierò istare, dach(è) io non ti posso ghodere, e non ti ricoglieròe, ne honore no(n) ti farò." Et così la lasciò stare.

P(er) questa potemo comprendere che sono molti huomini, che viene loro una buona ventura, et si nolla sanno pigliare, tanto sono vili e pieni di pigritia, e altri la piglia.

Rigoli :

Chonta l'assemplo che uno ghallo, che andava sopr'uno monte di letame prochacciando sua vivanda, [e] trovò una pietra pretiosa molto bella ; e quando l'ebbe veduta, si la guatò e lasciòlla istare, poi disse : " Io credea trovare mia vivanda, e ora o trovato questa pietra ; or chè ne debbo io fare ? Se uno riccho huomo l'avesse trovata chome io, egli la terrebe molto chara, ma io no(n) la pregio niente, quand'io no(n) la posso ghodere a mia volontà. Isteasi, ch'io no(n) la piglierò, nè honore no(n) le farò niente."

MORAL.

Chosì aviene di molti huomini, che viene loro a mano lo bene, e no(n) lo san(n)o pigliare, tanto sono pieni di pigrizia, anzi lo lasciano ad altrui, potendolo avere, e lasciano il bene e il meglio, e attenghonsi al peggio; e molti fem(m)ine fan(n)o il simigliante.

Laurenziano II :

Conta l'ossenpro che uno ghallo, andando in s'uno monte di letame per trovare escha per mangiare e per pasciarsi, e ruspando coli piei, trovò una pietra preziosa, al quale lo gallo la tenne bene m(en)te e disse alquante parole, e lassòla stare : "Io mi credevo prochacciare mia vivanda per mangiare, e io truovo questa pietra preziosa ; or chè ne debbo io fare ? Se uno riccho huomo t'avesse truovato, sicome o fatto io, ti terrebe molto cara ; e io di te non farei mai niente, dachè io non ne posso godere nè trare utile, che tu non ti confai a me, nè to a te." E così lassò il gallo stare la pietra preziosa. (133)

---

133. By an error the Moral of *Laurenziano II* was not copied.

Palatino II :

Chonta l' Isopo che una volta l'ono ghallo andava sopra a uno monte di sorgho, *cioè* di soggina, prochacciando sua propria vivanda, e truova una pietra preziosa molto bella ; e quando l'ebbe veduta, tenne la a mente e lasciòlla stare, dicendo : "Io chredeva prochacciare mia vivanda, e ora ho trovato questa pietra, ora c' è nne debb'io fare ? Se uno riccho uhomo (*sic*) l' avesse trovato chom'io, terrebelo molto chara in grande chiarezza, ma questo nolle farò io niente, quando non ne posso ghodere a mia volontà. Stesi, ch'io nolla piglieròe nè onore nolle farò."

MORAL.

Chosì odviene di molti huomini, che viene loro a mano lo bene, e nollo sanno pigliare, tanto sono pieni di pigrizia ; e inanzi lasciano od altrui, potendolo avere eglino onestaminte ; onde lasciano lo miglio e attenghonsi al peggio ; e molti femine son quelle che sonno il simigliante.

STAG AND ANTLERS.

Isopo Laurenziano :

Dice che uno cierbio beveva ad uno fiume, & q(u)and'elli bevea, ghuardavasi nell'acq(u)a & diceva infra sse medesimo che al mondo no(n) credea che avesse nessuna bestia con sì belle corna com'erano le sue. Istando in q(u)esto pensiero, molti cani gli furono intorno, e lli cacciatori, p(er) pigliarlo. Lo cierbio, q(u)ando li vide ch'elli s'apressimavano p(er) prenderlo, incominciò a ffugire molto forte. In q(u)ello che egli fuggia, egli s'avenne in uno buscone, sìe che le corna vì s'aviluppparo malamente, sìe c'a grande pena vì si spastricciòe, e lli cani tuttavia vì s'apressimavano a llui, sicchè gli parve talora fue essere a mal *passo*, pur tanto che p(er) adventura

si sviluppòe e canpòe, che bene fue presso che rimaso, p(er)-
chè avea cosìe belle corna & ramorute.

Chiosa del detto XXX Capitolo.

Per q(u)esto exenpro potemo vedere che sono molti huomeni
che llodano q(u)elle cose che dovrebbono biasimare ; & p(er)
no(n) biasimare li mali e q(u)elle cose che ssono da biasimare
& cche possono inpedire altrui, ne sono già stati & corsi altrui
di grandissimi pericoli.

Palatino I :

Pone l'autore che uno cerbio beeva a uno fiume, et quando
egli beveva, guardavasi nell'acqua, e diceva infra se medesimo. che al mondo no(n) credeva che fusse nesuna bestia
con sì belle corna come erano le sue. E istando in questo
pensiero, li uscirono molti cani intorno, e gli cacciatori,
p(er) pigliarlo. Lo cerbio, quando gli vide che eglino s'apressimavano p(er) prenderlo, incominciòe a fuggire molto
forte. In quella che elli fuggiva. iscontròssi in uno bosco, e
le corna s'avilupparono molto malamente innesso, sicchè a
grandissima pena si sviluppòe e chanpòe.

MORAL.

Dimostra l'autore sotto questa favola ch(e) sono molti
huomini che tenghono buona quella cosa ch(e) nuocie loro, e
lodano quello ch' è da biasimare, istimando proprio il contradio
del vero.

Rigoli :

Dice che un cerbio, una volta abbiendo sete, siando a
un'acqua a bere, sicchè bevendo, il cerbio videsi l'onbra delle
chorna nell'acqua, tenendosi mente, disse che nulla bestia
no(n) era nel mondo ch' avesse così belle corna chom'egli.
E dicendo chosì, itrasse tanto intese a lodarsi e a guatarsi,
che i chacciatori sopra vennoro co(n) molti chani, e furogli
i(n)torno, e voleallo prendere, e lo cervio si vide chostoro sì

presso, chomincò subito a fuggire forte. E i(n) quella che'l c rbio fuggia, si s'inpacciò co(n) le chorna e no(n) si potea isviluppare. Li chani s'apressavano molto, ma pure i(n) fine lo cerbio si spacciò co(n) grande brigha e faticha; e fu a grande p(er)icholo e quasi p(re)so.

MORAL.

Per questo assempro potemo ved re che molti huomini ispesse volte lodano quello che dovrebbono biasimare; e molti sono già istati p(er) dare loro lode, che sono male arrivati.

Laurenziano II:

Dicie lo conto che uno ciervio, avendo una volta sete, si trova a una aqqua a bere; e così biendo vidde la sua onbra nell'aqqua, e incominciò a tenere mente, e disse infra sse medesimo che non era bestia al mondo con così belle corna come egli. E tanto stava ateso a lodarsi che cacciatori co'molti cani gli furo d'intorno, e volevano prendarlo. E quando lo ciervio vidde costoro così presso, incominciò forte-mente a fugire. Sichè in quello che llo ciervio fugiva, si misse per uno boscho e presesi per le corna a uno arbolo, e none pot'escire nè stachare le corna da questo arbolo, e li cani sisi gli appressimaro molto. E quando lo ciervio si vidde *a* mal passo, si spacciò co'molta brigha e anghoscia, e pure tanto canpò che non fu preso, ma iste a grande periculo.

MORAL.

*P*er questo essenpro potiamo vedere che molti huomini anno to (*sic*) danno che molti mali so già stati in el mondo per dare lode la dove si debba dare danno e biasimo, per ragione che lo ciervio stette a pericolo de la morte, per ponare le lode la *o*ve non si doveva.

BELLY AND MEMBERS.

Isopo Laurenziano :

Dice che uno huomo, male aventurato, pighero, e pieno di grande cupideza, sissi adiròe infra sse medesimo, & disse: "Io porto co(n) meco il mio ventre, lo q(u)ale mi toglie ogni cosa ch'io ghuadagni." Pensòssi di digiunare p(er) avanzare in pecunia, & tanto digiunò che afievolò sì della sua persona, che no(n) potea lavorare, e co(n)veniagli andare a mazza, e p(er) tutto ciò non volea mangiare. E tanto digiunò che avenne sì p(er) dendo le ghanbe e lle braccia che no(n) potea andare nè con mazza nè co(n) nulla. E llo ventre gli tornòe q(u)asi a nulla, tanto che fue mestiere che ll'uomo gli ponesse lo pane a boccha, & se volesse & se none, no(n) potea pigliare nulla, tanto era stato.

Chiosa del detto XXXIII Capitolo.

Per q(u)esto exenplo potemo vedere, & ciascuno franco huomo lo dee sapere, che nullo puote avere onore chi ffae ciò co(n)tra'l suo singniore, simigliantemente q(u)ando egii vuole unire sua giente, come q(u)esti volea unire lo suo corpo.

Palatino I :

Favoleggia l'autore che uno huomo, male agurato et aventurato, pigro e pieno di cupidezza, sissi adirò infra sse medesimo, e disse: "Io porto comeco lo mio ventre, lo quale mi toglie ogni cosa che io guadagnio." Pensòssi di digiunare p(er) avanzare im pecunia, e tanto digiunò, e no(n) si nudri, che in niuno modo poteva lavorare; e in niuno modo poteva le membra, nè braccia nè gambe, esercitare. E il ventre tornò a nulla, tanto che fu mestiere che l'uomo gli ponesse lo pane a boccha; e volendolo pigliare, nom poteva.

MORAL.

P(er) questo exemplo ci dimostra che le case colle famiglie, le vicinanze, le terre, i Cristiani, debbono stare tucte unite è in concordia, e aiutare l'uno l'altro, e massime chi è chapo sostenere le membra, e lle membra aiutare il chapo; e non facciendolo, co(n)viene caggia tucta la cipta, come cadde tucto il corpo.

Rigoli:

Uno huomo, vi voglio dire p(er) exemplo, che facea delle sue voglie e suoi piaceri, e facea co(n) sue mani grandi guadagni, ma la ghola gliela togliea tucto; di chè i(n)fra se se ne crucciò molto, p(er)chè lo ve(n)tre gliele togliea tucto; e p(er)ò si mise a digiunare, p(er) meno spendere. E cominciò a mangiare molto pocho, sicchè lo ventre chadde i(n) grande fralezza, le ghanbe no(n) lo poteano sostenere, e co(n) le mani no(n) potea lavorare, p(er)chè la debolezza gli montò addosso; sicchè ne fu quasi morto, e fu mestiere che huomo lo socchoresse a dargli mangiare e bere, sì tornò a niente.

MORAL.

Di questo assemplo può vedere ogni savio huomo che nessuno puote bene avere, chi fa co(n)tro a suo signore, e simile i(n) te, quand'elli disama sua gente e se medesimo.

Laurenziano II:

L'uno huomo, vi vo dire per essenpro, che delle sue mani e delli suoi piei facieva grande guadagnio, e llo suo corpo glil'volleva tutto quanto. Sichè costui ne fu troppo corucciato, e sichè lo buono huomo si pensò di fare digiunare questo suo corpo, per meno spendere lo suo guadagnio. Sichè incominciò a mangiare molto poco per volta, sichè lo corpo cade in grande debileza, sichè le ganbe a pena lo potevano sostenere, e colle mani non poteva lavorare, per cagione che la debileza gli montò adosso, che fu mestiere che questo huomo si soccorrisse di dargli da mangiare, volesse egli o no, perchè divenne sì magra, che non si poteva levare,

non si sentiva di nulla ; sichè lo corpo tornò a niente, e li
piei e lle mani simigliantemente. E tanto venne schaduto,
che bisogniava che altri faciesse per lui quello che per se
proprio doveva fare lui stesso.

MORAL.

Per questo essenpro potiamo vedere che ciaschuno franco
huomo si die sapere che ciaschuno non può avere onore che
fa co(n)tra al suo signiore, facciendo contra agli suoi sudditi
simigliantemente. Quando eglie volea monire gli suoi sudditi,
si conviene avere la prudenza e la tenperazia conseco per
sifatto mode che lle sue riprensioni non sieno sì agre e rigide,
che sieno suore di modo, acciochè non si vengha a'ndebilire e
guastarsi de la persona. E vegliasi sì tenperare, sifatta-
me(n)te tenperare, in el mangiare e in el bere, che ssi possi
durare tutto il tenpo della sua vita.

From the foregoing comparison of individual fable texts,
taken from the five collections now under consideration (134),
the following conclusions may be drawn :

(1). The division of the collections into two families
(135), made according to the order and titles of the fables in
each collection, is upheld by the correspondence of the texts
in the various collections of each family, as differentiated
from the textual correspondence of the members of the other
family. (136)

(2.) Between the two members of Family I, the *Isopo
Laurenziano* and *Palatino I*, there is such close correspondence (137) that the later of the collections, *Palatino*

---

134. Cf. pp. 43 44 for an enumeration of these collections. 135.
Cf. p. 46. 136. Cf. the dotted underline, representing Family I, and
and the broken underline, representing Family II, on pp. 47-56, as con-
trasted with the straight and wave underline which represent correspondence between members of different collections. 137. Cf. the dotted
underline.

I (138), seems to have been taken almost directly from the elder, the *Isopo Laurenziano;* the only differences between the collections are those that would arise from the failure of the scribe to understand the text, or where he might prefer to write the moral in a more independent manner. As the *Isopo Laurenziano*, however, is in its present form but a copy of an older collection (139), the supposition that *Palatino I* is derived from this older form is the more likely hypothesis.

(3). The members of Family II, *Rigoli, Laurenziano II,* and *Palatino II*, do not show as close textual agreement (140) as do the members of Family I ; there is, however, sufficient general similarity between them to indicate that they are independent reworkings of a common original. The fact that the largest of the three collections, *Laurenziano II*, is also the youngest (141), does not allow any one collection to be posited as the parent of the others ; this would be difficult in any case, on account of the various differences in the individual texts of the collections.

(4). Sufficient agreement is found among all five of the collections (142) to warrant the assumption of a common origin in a single Italian fable collection, to which the existing collections would bear the following relation : (143)

Original Italian Collection.

Old Isopo Laur. (lost)   Rigoli   Laurenziano II   Palatino II

Isopo Laur.   Palatino I

---

138. Cf. p. 8, MS. No. 1, and p. 11, MS. No. 4, for the relative dates. 139. Cf. Part II, p. 72. 140. Cf. the broken underline. 141. Cf. the dates of MSS. 2, 5, and 11, on pp. 9, 12, and 16. 142. Cf. the straight and wave underline. 143. Prof. Warnke (*Fabeln*, p. lxxx) says that *Rigoli* and *Palatino I*, the only two collections he discusses, must be from a common Italian source.

b. The Relation of the Collections to the Fables of Marie de France.

Having now posited a single lost Italian fable collection as the original common source of the collections, *Isopo Laurenziano, Palatino I, Rigoli, Laurenziano II,* and *Palatino II,* the source of this Italian original remains to be sought.

In the Italian collections there appear a number of fables very rare in general fable literature; the most noticeable of these (common to both families) is the fable of the "Cuckoo" (144), which is only known to exist at this date in the *Isopet* of Marie de France and its derivatives. After such an indication, one naturally turns first of all to Marie's fables in looking for the origin of the Italian collections, and as a result finds that with three exceptions (145) every one of the fables found in the five collections is also to be found in the French collection (146). This agreement in the fables might seem sufficient proof that the Italian fables come from those of Marie, especially when the unusual character of many of them is taken into consideration (147), but a comparison of the language and *motifs* of certain portions of Marie's fables with the Italian will make the evidence more conclusive. Consequently, I have presented the Prologue of Marie's collection, together with the Prologues of the *Isopo Laurenziano,* and of *Rigoli,* as representative of the two Italian families, and have indicated the correspondence by means of underlining. (147)

---

144. Cf. Part II, Fable 21, for the Isopo Laurenziano version of this fable. 145. (1) "Cock and Swallow" (*Is. Laur.* and *Pal. I,* No. 36), which is paralleled only in *Phaedrus III-16,* "Cicada et Noctua"; (2) and (3), "Thief and Sun" and "Land Free and in Slavery," (*Laur. II,* Nos. 54 and 58) which are derived from Walter of England's collection directly; a form of the first from Marie's text also appears in the same collection (*Laur. II,* No. 5). 146. Cf. the table of correspondences, on pp. 66-68, for the exact agreement between Marie's fables and the Italian. 147. Exact correspondence of word and form of either Italian collection with *Marie Q,* is shown by a straight underline, more general correspondence by a wave underline.

PROLOGUE.

Marie Q (148).

Cil, qui sevent de letreure,
Devroient bien metre lor cure
Es biaus essamples & es dis
E es livres & es escris,
Que li filosofe trouverent
& escristrerent & remen-
  brerent ;
Par moralite escrivoient
Les bons essamples, qu'il
  ooient,
Que cil amender enpouissent,
Que lor e(n)tente en bien
  meissent ;
Ce furent li ancien pere.
Romulus, qui fu emperere,
A son filg escrit & manda,
& par essample li moustra,
Com il se doit contregaitier,
Q(ue) hom nes peust en-
  gignier.
Isopes escrit a son mestre,
Q(ui) bien connut lui & son
  estre,
Unes fables, qu'il ot trouvees,
De grec en latin translatees.
Merveille en orent li plusor,
Qu'il mist son sen en tel labor,
Mes n'i a fable de folie
Où il ne ait filosofie.
Es essamples, qui sont apres,
Ou des contes sont tuit li fes,
A moi, qui la rime en doi faire,
N'en avenist mie a retraire
Plusors paroles, qui i sont,
Mes neporquant cil me semont,
Qui flors est de chevalerie,
D'ensaignement, de cortoisie,
& q(u)ant tiex hom m'en a
  requise,
Ne laira pas en nule guise,
Qui mete travail & paine,
Quique me tiegne por vilaine,
Mout doi faire por sa proiere.
Ci coumencerai la premiere
Des fables qu' Esopes escrist,
Qu' a son mestre manda & dist.

Isopo Laurenziano :

Quelli, che sanno le scritture, dovrebbono bene mettere lo
loro cuore nelli buoni exempli & nelli detti di philosafi, ond'a-
mendare, si potessano, q(u)elli che vivono disordinatamente ;

---

148. For the choice of this form of Marie's Fable Collection, cf.
p. 61.

che molti philo*sophici* & altri savi lasciaro la scriptura dopo loro morte, p(er)chè le gienti si ghuardassono dalli malfattori. Romulus, che ffu inp(er)adore di Roma, si comandò al suo figliuolo com'elli si dovesse guardare p(er) esenplo *che huomo* nol potesse inghannare. Et l'Isopo similemente si mandò al suo maestro una pistola, che ffu molto bella d'asenpli, siccome voi udirete inanzi; e molto se ne fanno maraviglia li savi che'l suo senno mise in tali exenpli, p(er)ochè paiono *quasi* favole alle gienti; ma no(n) ve n'ae una sì picchola che non sia una philosofia a lloro intendimento, che llà è; & q(u)esta pistola mandò elli scripta al suo maestro in linghua grecha, & poi si trallatò in francesco, & ora l'*o* traslatata il latino.

Rigoli:

Quelli, che sono alleterati, dovrebbono bene mettere la loro chura ne buoni exempli de detti, che i filosafi iscrissero, onde amendare, si dovessoro, choloro che vivono disordinatamente. Molti filosafi e altri savii lasciarono scritture dopo la morte loro, p(er)chè le genti si guardassero a diritto dagli'nghannatori, che sono pieni d'iniquità. Romulus, che fue imperadore di Roma, al suo figliuolo scrisse e mandò p(er) exemplo, e al suo figliuolo gli mostrò chom'egli si dovesse guardare, che huomo nollo potesse inghan(n)are. Isopo simigliantemente scrisse al suo maestro una pistola, e mandògliele, e fu molto in più e molti essempli, sicchome voi intenderete. E molti se ne fecero maraviglia come i suoi essempli fossero utile, che paiono quasi favole a udire alla gente, ma no(n) ve n'a niuno sì piccholo che no(n) sia filosofia allo'ntendimento e agli assempli, che vi sono. Questi assempli mandò egli scritti al suo maestro i(n) lingua grecha, e poscia la traslatò i(n) latina, cioè i(n) volghare, p(er) amore d'una don(n)a che lo ne preghò. E io, il meglio ch'io potrò, queste chose ritrarrò. E inchominciò lo primo exemplo, il quale mandò al suo maestro, dicendo così.

The agreement of the three foregoing prologues is seen to be so very close that it is not necessary to carry the comparison of the collections farther into the fables themselves. There is to be noticed, however, amplification in the Italian versions, and while the chief *motifs* in all three collections are similar throughout, yet their treatment differs in each collection (149). In this regard it is to be further observed that the *Rigoli Collection* stands closer to *Marie Q* than does the *Isopo Laurenziano*, and hence is probably more closely akin to the original Italian translation than the latter.

In making the foregoing comparison, I have chosen a form of Marie's Prologue unlike that of either of the constituted texts (150). The texts I have selected, and which, following Prof. Warnke (151), I have called *Marie Q*, is that contained in MS. f. f. 2173, Bibl. Nationale, Paris (152) ; the reasons for this choice may be briefly stated as follows:

(*1*). *Ordinal.* A comparison of the fable-order in the various manuscripts of Marie's *Isopet* with the order in the Italian collections derived from it, shows that the Italian fable-order agrees far more closely with the order found in *Marie Q* than with that in any other form of the French collection ; furthermore, the order of *Marie Q* differs widely from that of any of the other forms of Marie's fables. (153)

---

149. Warnke, *Fabeln*, pp. lxxv-lxxvi, gives certain correspondences drawn from the text of the fables. 150. Namely, those of Warnke (*Fabeln*, pp. 3-4) and Roquefort (II, 59-61). 151. Cf. Warnke, *Fabeln*, p. vi, where he describes the manuscript. 152. Cf. p. 30, for a description of this manuscript. 153. Cf. the table on pp. 66-68 for the exact ordinal correspondence between *Marie Q* and the Italian derivatives, and for the usual order of Marie's fables.

(*2*). *Textual*. Besides the close ordinal correspondence
between *Marie Q* and the Italian derivatives of Marie's fables,
there is textual agreement, which points conclusively to
Marie Q, or at least to a very similar lost form of Marie's
fables, as the basis of the Italian translation. This point has
been already dicussed by Prof. Warnke, in the introduction
to his edition of the fables of Marie de France (154); I shall
give the chief examples of correspondence which he cites, as
well as others I have found myself; I have further introduced
the *Isopo Laurenziano* into the comparison, whereas Prof.
Warnke confined his work to *Marie Q* and *Rigoli*.

Marie; (155)	*Marie Q;*	*Rigoli;*	*Isopo Laurenziano.*
1, 6 : clere ;	1 : bele ;	1 : bella ;	1 : bella.
12 : —— ;	molt ;	molto ;	molto.
3, 27 : i va ;	12 : entre enz;	14 : entro dentro ;	12 : entro dentro.
4, 11 : Il ;	3 : chien ;	3 : —— ;	3 : cane.
7, 25 : buche ;	13 : goule ;	15 : gola ;	13 : ghola.
34 : povres huem ;	li povres;	—— ;	se'l povero.
9, 31 : ovrirent;	8 : oirent;	9 : —— ;	8 : senti.
11, 42 : prent cumpaigne ;	10 : acom- paignie ;	11 : s'accom- pagna ;	10 : ——.
14, 14 : asnes ;	6 : aigniaus;	6 : montone;	6 : montone.
17, 21 : —— ;	17 : son ni ;	19 : suo nido;	17 : ——.
20, 34 : nel vueille ;	27 : ne li doit;	27 : non lo dei ;	26 : nol dei.
23, 24 : sepande ;	30 : Nature ;	30 : Natura ;	29 : Natura.
24, 9 : —— ;	31 : molt ;	31 : molti ;	30 : molti.
25, 26 : —— ;	32 : tretout ;	32 : —— ;	31 : tutto.
28, 16 : n'ale- verez ;	35 : n'en douerez ;	35 : —— ;	34 : adornerai.

---

154. Warnke, *Fabeln*, p. lxxvi. 155. The text here used is that constituted by Prof. Warnke, in his edition of Marie's fables.

Marie;	Marie Q;	Rigoli;	Isopo Laur.
30, b : desist ;	41 : escond-ist ;	40 ; ——;	40 : nascondi.
14 : Il ;	Li pastres;	lo pecoraio ;	lo pastore.
Lacks Moral ;	Moral ;	Moral ;	Moral.
31, 1 : forment ;	42 : molt ;	41 : molto ;	41 : molto.
5 : deuesse ;	Nature ;	Natura ;	Natura.
32, 12 : cil ;	43 : aiguelet;	42 : agnella ;	42 : agniello.
14 : ki me so-leit pestre;	que bien me velt ;	che bene mi fa ;	che bene mi fae.
Lacks Moral ;	Moral;	Moral ;	Moral.
37, 30 : curt ;	47 : tor ;	46 : torre.	
46, 38 : Desur le dos li esmelti ;	21 : puis s'est desor son dos asise ;	22 : saligli adosso ;	21 : saligli adosso.
55, 10 : maldie ;	24 : destruie;	24 : strugga;	23 : stringha.

Now, by the side of these examples where the Italian agrees with *Marie Q* as against the established text, there are a few cases where the Italian follows this latter text versus *Marie Q*, such are :

Marie:	Marie Q:	Rigoli:	Isopo Laur.
Pr. 3 : bons;	Pr. biaus ;	Pr. buoni ;	Pr. buoni.
6, 24 : esforcera;	5 : fera ;	5 : ——;	5 : sforzi.
32, 12 : sage-ment ;	43 : bone-ment;	42 : savia-mente;	42 : savia-mente.
44, 26 : deiz ;	39 : deit ;	38 : dei ;	38 : dei tue.

Fable 12, lines 17-18, and Fable 44, lines 7-10, are wanting in *Marie Q* but are found in the Italian ; an extra line, No. 84 of Fable 29, found in a single manuscript of Marie's fables (156), also appears in the Italian ; finally, in Fable 11, line

---

156. MS. 25406, f. f., Bibl. Nat., Paris, cf Warnke, *Fabeln*, p. x.

11, the Italian agrees with three manuscripts of Marie's fables (157) in making a certain question come from the Lion instead of from the Wolf, as do *Marie Q* and the other manuscripts.

While these latter variations of the Italian from *Marie Q* are too important to be disregarded, yet the agreement between them, both in order and form, shown previously, is so close that I shall venture to put *Marie Q* at the head of the scheme of Italian translations, feeling assured that if it be not the exact form of Marie's fables from which the Italian came, still it is so closely akin to that form (being far more so than any other extant form of the fables) that it will serve for all purposes of comparison of the French with the Italian.

It is then possible to complete the table of the Italian collections derived from the fables of Marie de France, already begun, as follows :

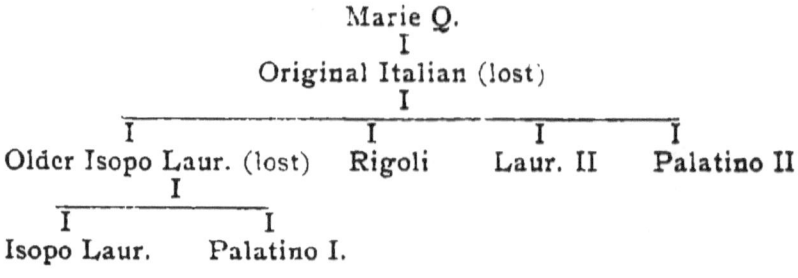

$$
\begin{array}{c}
\text{Marie Q.}\\
\mathrm{I}\\
\text{Original Italian (lost)}\\
\mathrm{I}
\end{array}
$$

I	I	I	I
Older Isopo Laur. (lost)	Rigoli	Laur. II	Palatino II

Isopo Laur.	Palatino I.

Two questions, finally, arise, when the fables of Marie de France are placed as the source of the Italian collections :

(a) How did Marie's work become known and accessible to an Italian translator ?

(b) Who was the author of the original Italian translation ?

To neither of these questions can I at present give a satisfactory answer ; the manuscripts contain nothing to show their provenience, and there is no internal evidence to help solve the questions.

---

157. Namely, MSS. 1593, 1822, and 25405, f. f., Bibl. Nat., Paris : cf. Warnke, *Fabeln*, pp. v and x.

A rather interesting suggestion regarding the first of these questions is the following : (158)

Prof. Pio Rajna, in any early volume of Romania (159), describes two old inventories of the Ducal Library at Este, dated 1437 and 1488 respectively. In both of these there is an entry of "Libro uno in francexe ; chiamado libro di piu fabule —— in membrana, coverto de chore verde," and a note in the second inventory states that between the two dates, given above, the volume was lent out. Now it is possible that this book might have been a copy of Marie's fables, as she was the most prominent fable-writer in France till Lafontaine, and if the book was lent out at this time, why not also before, when it may have been translated into Italian as the original of our existing Italian collections, derived from Marie's *Isopet*.

c. **A Table of the Ordinal Correspondence between** *Marie* Q **and its Italian Derivatives.**

In this table of correspondence there are cited the following collections : (160)

1. Marie Q ;
2. Isopo Laurenziano ;
3. Palatino I ;
4. Rigoli ;
5. Laurenziano II ;
6. Palatino II ;
7. Marie, Warnke's Order (in italics). (161)

---

158. For this suggestion I am indebted to Dr. G. C. Keidel, of the John Hopkins University. 159. Cf. *Romania*, II, pp. 49-58. 160. For the Italian collections, cf. pp. 43-44. 161. *Index* to Warnke, *Fabeln*, pp. xi-xiii.

Marie Q.	Isopo Lauaenziano	Palatino I	Rigoli	Laurenziano II	Palatino II	Warnke's Marie
Prologue—	x	x	x	x	0	x
1. Cock & Jewel	1	1	1	1	1	*1*
2. Wolf & Lamb	2	2	2	2	2	*2*
3. Dog & Sheep........	3	3	3	3	3	*4*
4. Dog & Shadow......	4	4	4	4	4	*5*
5. Sun's Marriage......	5	5	5	5	5	*6*
6. Old Lion Sick.......	6	6	6	6	6	*14*
7. Two Bitches	7	7	7	7	7	*8*
8. Town Mouse & Country Mouse.....	8	8	9	9	9	*9*
9. Eagle & Fox........	9	9	10	10	10	*10*
10. Lion, Ox & Wolf	10	10	11	11	11	}*11*
10b. Lion, Goat & Sheep.			12	12		
11. Eagle & Tortoise....	11	11	13	13	12	*12*
12. Rat, Frog & Kite....	12	12	14	14	13	*3*
13. Wolf & Crane	13	13	15	15	14	*7*
14. Fox & Crow.........	14	14	16	16		*13*
15. Ass & Lap-dog......	15	15	17	17		*15*
16. Lion & Mouse.......	16	16	18	18		*16*
17. Swallow & Birds	17	17	19	19		*17*
18. Ants & Cricket......	18	18	20	20		*39*
19. Crow & Sheep.......	19	19	8	8	8	*40*
20. Man & Serfs (Stags) .	20	20	21	21		*41*
21. Cuckoo King........	21	21	22	22		*46*
22. Man & Trees........	22	22	23	23		*49*
23. Three Wishes.......						*56*
24. Selfish Man's Prayer.	23	23	24	24		*55*
25. Frogs desiring King.	24	24	25	lost		*18*

Marie Q	Isopo Laurenziano	Palatino I	Rigoli	Laurenziano II	Palatino II	Warnke's Marie
26. Doves, Kite & Hawk.	25	25	26	part lost.		*19*
27. Dog & Thief........	26	26	27	25		*20*
28. Wolf & Sow........	27	27	28	26		*21*
29. Hares & Frogs	28	28	29	27		*22*
30. Bat. Birds & Beasts.	29	29	30	28		*23*
31. Stag & Antlers......	30	30	31	29		*24*
32. Knight & Widow....	31	31	32	30		*25*
33. Wolf & Dog........	32	32	33	31		*26*
24. Belly and Members..	33	33	34	32		*27*
35. Ape & Fox..........	34	34	35	33		*28*
36. Wolf's Breath.......	35	35	36	34		*29*
37. Doctor & Rich Man..	37	37	37	35		*42*
38. Man & Scorpion.....			54	51		*43*
39. Man, Wife & Lover in Bed...........	38	38	38	57		*44*
40. Man, Wife & Lover in Wood.........	39	39	39	36		*45*
41. Wolf & Shepherd....	40	40	40	37		*30*
42. Peacock	41	41	41	38		*31*
43. Lamb & Goat Mother.	42	42	42	39		*32*
44. Ass & Lion	43	43	44	41		*35*
45. Breton & Sheep	44	44	43	40		*33*
46. Fox & Lion	45	45	45	42		*36*
47. Man & Lion.........			46	43		*37*
48. Flea & Camel			47	44		*38*
49. One-eyed Judge	46	46	49	46		*47*
50. Thief & Sorceress ...			50	47		*48*

Marie Q	Isopo Laurenziano	Palatino I	Rigoli	Laurenziano II	Palatino II	Warnke's Marie
51. Wolf keeps Lent			48	45		*50*
52. Monkey & Child.....			51	48		*51*
53. Man & Dragon......			52	49		*52*
54. Hermit & Servant ...			53	50		*53*
74. Man & Serpent......				53		*72*
77. Boar & Ass				54		*75*
88. Young Kite Sick				55		*86*
Extra Fables in Italian.						
Unknown Source........						
Cock & Swallow........	36	36				
Walter of England......						
7. Thief & Sun				52		
12. Land Free & in						
Slavery...........				56		

The remaining fables of *Marie Q*, Nos. (23), 55-73, 75-76, 78-87, and 89-103, are not represented in the Italian.

The Index of *Laurenziano II* has an order exactly like *Rigoli*, as far as the latter goes. (162)

162. Cf. the discussion of this point on p. 9.

PART 2

THE ISOPO LAURENZIANO.

I. INTRODUCTION.

a. General Remarks.

The idea of publishing the accompanying collection of fables, the Isopo Laurenziano, was first suggested to me by the following sentence of Ghivizzani, where in describing the manuscript which contains the collection (163), he says: "Io spero di potere fra non molto dar fuori il testo Laurenziano che ben merita." This desire, however, he failed to accomplish, and the collection has remained hitherto unpublished.

After only a slight study of the manuscript and its fables, I found myself agreeing with Ghivizzani's judgment, that the collection deserves publication; the writing dates it as of the close of the fourteenth century (164), and the language may claim a place for it among the purest Tuscan texts; it well merits the characterization : *Testo di Lingua.* In addition to its linguistic value, the fable collection occupies an important place in the development of the Æsopic fable, and more especially of that branch of the fable introduced into Italy by the fables of Marie de France.

A further reason for the publication of this text is the great scarcity of accurate texts of Italian works of its time; in by far the greater proportion of the editions of fourteenth and fifteenth century texts, the spelling and the syntax have been modernized without citation of the original manuscript readings, so that for a study of the language of the time they are of but little practical value.

The name *Isopo Laurenziano*, which I have chosen for this collection, is taken from the name of the library where the single manuscript containing the collection is found, the Biblioteca Mediceo-Laurenziana, at Florence.

---

163. Cf. Ghivizzani, p. clxix. 164. Cf. p. 8.

b. Date of the Collection.

In seeking to establish the date of the collection, we must first learn whether or not the fables are original in their present form. The numerous repetitions, one of which occurs in the very first fable, show that they are not, but that the form contained in our manuscript (165) must be a copy of an older one.

The repetitions noted are as follows, the part repeated being indicated by italics.

Fable I, line 4 :

verrei *avere* inanzi avere trovato ;

Fable II, lines 2-6 :

l'angniello stava di sotto & volea bere, e ll'acq(u)a correa versso l'angniello, & ll'angniello standosi cosi senpliciemente in q(u)esto fiume & volea bere / fol. 30b / *e ll'acq(u)a correa verso l'angniello, & l'angniello standosi cosi sempliciemente in q(u)esto fiume e volea bere*, lo lupo gli parlo ;

Fable IX, lines 20-22 :

del povero non a mercede, *ma q(u)ando elli vede* ne p(er) pianto ne p(er) grida ne p(er) chiamarti mercede ; ma q(u)ando egli vede che s'arghomenta ;

Fable XXX, lines 8-10 :

sie che le corna vi s'avilupparo malamente, sie c'a grande pena vi si spatriccioe, *malamente, sie c'a grande pena vi si spatriccioe*, e lli cani ;

Fable XXXVII, lines 16-18 :

ch'ella disse che q(u)ello sangue era stato suo & dissegli come *il sangue era stato suo & disseli come* lo cane.

Such repetitions show that the manuscript was copied directly from another manuscript, and also, by the exact

---

165. MS. Plut. XLII–30, Bibl. Med.-Laur., Florence, cf. p. 8.

correspondence of the words in the original passage and in the repeated portion, that the manuscript is only a copy, and not a reworking of the earlier form.

This earlier form, which I will call for convenience the *Older Isopo Laurenziano*, cannot have been later than 1390, for that is the approximate date of the present copy (166), nor can it be anterior to the original Italian translation of the fables of Marie de France from which it must have been derived (167). Now, since *Marie Q*, the form of Marie's fables most like the Italian (168), is of the thirteenth century (169), and since the earliest Italian collection derived from Marie. *Rigoli* (170), is of the second half of the fourteenth century, the original translation from French into Italian was probably made in the first half of the fourteenth century. It seems probable, then, that the *Older Isopo Laurenziano* was written in the last half of the fourteenth century, about the same time as the *Rigoli Collection*.

c. Authorship.

In the fourteenth and fifteenth centuries, the Italian fable writers seem to have had an unwritten law that they should not make known their names ; one only signs his translation "Per Uno da Siena," and it is not until after the invention of printing that we find Accio Zuccho in 1463, and Francesco del Tuppo, in 1485, fully acknowledging their works ; it may be added that the latter's collection appeared in printed form only.

Thus the collection herewith published gives no indications as to its authorship, at the most one can only form a general surmise regarding the character of the author from

---

166. Cf. p. 8.   167. Cf. the scheme on p. 64.   168. Cf. p. 61.   169. Cf. p. 30.   170. Cf. p. 44 and p. 16, MS. No. 11.

certain passages in the text of the fables. These passage seem to have been written by one of ecclesiastical training, perhaps a priest, or a member of one of the monastic orders, whom Messer Giorgio di Guccio had taken with him in the capacity of historian on the journey described in the first twenty-nine folios of this manuscript (171), for the whole manuscript is in the same handwriting and the account of the journey just referred to is by an eye-witness.

The passages of the fable-text which seem to indicate the calling of the writer are as follows : (172)

Fable XXII, lines 29-31 :

> E tal cosa puote insengniare, che torna poi tutto sopra lui, *e però è meglio a stare ad insengniare le cose spirituali che lle tenporali ;*

Fable XXXI, lines 35-39 :

> Tanto è il mondo frale, che q(u)ando la persona è morta, tosto è dimenticata da ogni suo amico & q(u)asi dalli suoi incarnati parenti, *però faccia bene ciascuno p(er) l'anima sua q(u)and'egli è vivo e sanno, almeno q(u)ello no(n) perde se più non avesse;*

Fable XLI, lines 22-23 :

> *ogni huomo si dovrebbe chiamare contento di q(u)ello che Dio gli a stabilito & dato,* s'elli avesse senno ;

Fable XLII, lines 17-26 :

> Per q(u)esto exenpro potemo intendere delli fanciulli che rimanghono orfani sanza alcuno suo parente che bene li faccia, che p(er) adventura si viene ad mano d'uno che nolli apartiene nulla & tralo di grande disagio infino piccolino, p(er) amore di Dio, e p(er)chè'l vede cosìe abandonato, e crescelo & lo fantino dee

---

171. Cf. p. 8. 172. The italics indicate the passages of especial significiance with regard to the priestly calling of the author.

essere savio di no(n) conoscere mai altro padre nè altra madre
senone colui che ll'a allevato & bene gli a fatto, & meglio gli dee
volere che a tutti gli suoi parenti, che del suo male churano
neiente. (173)

d. Relation to *Marie Q.*

In the table of fable relations already given, under the
discussion of fable collections derived from the fables of Marie
de France (174), it was posited that the *Isopo Laurenziano* is
a copy of a reworking of the original Italian translation of
Marie's fables ; certain variations in both order and content
are to be looked for between the *Isopo Laurenziano* and
Marie Q.

(1). *Variations in Order.*—The *Isopo Laurenziano* has but
forty-six fables while *Marie Q* has a hundred and one (175).
Of these forty-six Italian fables, one—Fable 36, "Cock and
Swallow,"—has no counterpart in the French ; the remaining
forty-five correspond to forty-five of the first forty-nine fables
of *Marie Q*, for the most part in the same relative order (176);
those fables of *Marie Q* not translated are Nos. 23, 38, 47-48,
and 50-101. The failure of the author to introduce the first
four of Marie's fables mentioned as untranslated is to be
explained as follows :

Fable 23, "Three Wishes," has not the nature of a true
fable, as the animal element plays but an unimportant part
in it.

---

173. Throughout this moral the tone of the writer is that of one
connected with the church, advising a novice reared by the church, not
to be unmindful of the benefits he has received from it, or forgetful of
the service he owes it in return. 174. Cf. p. 64. 175. The manuscript
of *Marie Q* contains a hundred.and three fables, but two of them are
not of Marie's collection (Cf. Warnke, *Fabeln*, p. vi). 176. Cf. the table
on pp. 66-68.

Fable 38, "Man and Scorpion," is exceedingly obscene and coarse.

Fables 47, "Lion and Man," and 48, "Flea and Camel," were omitted by the scribe, who became careless as he approached the end of his manuscript, there being also failure in the *Isopo Laurenziano* to follow the order of *Marie Q* for the last few fables.

(2). *Variations in Content.*—In the text of the *Isopo Laurenziano*, herewith presented, an attempt has been made to show its exact relation to the text of *Marie Q* by a system of underlining (177); a glance, now, at the first page of the text shows that while the thought of the French has been preserved, and often the exactly corresponding words, there has been a change in the form of expression, and in a few fables is found a change of characters or of *motifs.*

The change in form lies chiefly in an elaboration, in the Italian, of M rie's ideas, a change which is but natural when the translation is from poetry into prose ; frequently we find one of Marie's sentences represented in the *Isopo Laurenziano* by two or more sentences, and besides this numerous adjectives and other qualifying expressions, not found in the French, appear in the Italian. The Italian, furthermore, contains much padding, as may be seen in Fable 8, "Town Mouse and Country Mouse," or in Fable 15, "Ass and Lapdog," where, without changing Marie's plot, the Italian has twenty-four lines, in the first case, and in the second, seventeen, for which there is not the slightest equivalent in the French. On the other hand, in every fable of Marie there are certain lines which are not translated in the *Isopo Laurenziano*, in the fable of the "One-eyed Judge," for instance, there are twenty-four such lines.

In addition to changes in expression, in some of the fables

---

177. Cf. p. 85, fn. 193, for an explanation of the underlining.

the characters have also undergone alteration, either in name or number, as in Fable 7, where the *Isopo* has "Two Jays" for the "Two Bitches" of Marie; or again, in the fable of the "Old Lion Sick" where in Marie's version the Lion is maltreated by the Ox, the Ass, and the Fox, but in the *Isopo Laurenziano* he suffers from the Ox, the Sheep, the Fox, the Hare, and the Mouse.

Thirdly, differences in the *motifs*, as treated in the French and in the Italian, are to be seen in the following six fables:

Fable 28, "Hares and Frogs." In *Marie Q* the Hares see that the Frogs are more timid than they themselves, and hence return home, for they say it is necessary to fear everywhere; in the *Isopo Laurenziano* the Hares go home again because they find hunters and dogs and other dangers as numerous in the new country as in the old, and they think it better to live where they have been brought up and where they know the country, rather than in a foreign land.

Fable 30, "Stag and Antlers." In *Marie Q* the Stag is slain, while in the *Isopo Laurenziano* he escapes.

Fable 32, "Wolf and Dog." In *Marie Q* the Wolf sees the Dog's chain and collar, while in the *Isopo Laurenziano* he sees another dog chained to a pillar; the Italian furthermore, continues the fable, telling how the Wolf is taken afterwards by the peasants and is led forth to be put to death; on the way he meets the Dog, who tells him that he had counselled him in good faith to take service with his master, and that now he was reaping but the result of his refusal to do so. In the moral of the *Isopo* the Wolf's action in refusing to enter into bondage is called foolish, while in *Marie Q* (168) there is a moral of double signification to the

---

178. In the most of the manuscripts of Marie's *Isopet*, this fable has no moral.

effect that one who puts himself deliberately into bondage is most foolish, yet that he who lives only as he himself desires, is a nuisance to all others.

Fable 35, " Wolf's Breath." In *Marie Q* the Monkey says that the Wolf's breath is neither sweet nor sour—" entre deux est ; "—in the *Isopo Laurenziano* she answers that she has a bad cold and consequently cannot smell.

Fable 37, "Doctor and Rich Man." In *Marie Q* the Rich Man is frightened at the thought of being pregnant ; in the *Isopo* the principal *motif* is his grief over his daughter's pregnancy.

Fable 41, " Peacock." Marie's moral reads that the greedy man would not be happy had he four times as much as he has ; that of the *Isopo Laurenziano* that he could not get so much that another should not have more than he.

It is only natural that such differences as these should arise in the transmission of a fable through three or four steps, and none of them are of sufficient importance to cause one to seek for outside influences.

As already stated (179), there is one fable in the *Isopo Laurenziano* and in *Palatino I* which has no counterpart in Marie's collection ; namely, Fable 36, "Cock and Swallow." This fable must have been introduced by the writer of the *Older Isopo Laurenziano* (180) as it appears only in the two collections cited ; it probably found its way into the collection from some popular tale of the time, as there is no near parallel in any mediæval collection I have been able to control, though Phaedrus has a somewhat similar fable (181).

---

179. Cf. p. 74. 180. Cf. p. 72. 181. Bk. III, Fable 16, "Cicada et Noctua ;" (Cf. Hervieux, II, 37, for the text).

e. Table of Correspondence.

The table of correspondence on the following pages is to show where the fables of the *Isopo Laurenziano* occur elsewhere in the Italian fable collections of the fourteenth and fifteenth centuries. The following collections are enumerated : (182)

1. Isopo Laurenziano ;
2. Palatino I ;
3. Rigoli ;
4. Laurenziano II ;
5. Palatino II ;
6. Per Uno da Siena ;
7. Accio Zuccho ;
8. Francesco del Tuppo ;
9. Riccardiano ;
10. Apologhi Verseggiati ;
11. Anonymous Collection in Verse ;
12. Libro della Virtù.

Isopo Laurenziano.	Palatino I	Rigoli	Laurenziano II	Palatino II	Per Uno da Siena Accio Zuccho Del Tuppo	Riccardiano	Apologhi Verseggiati	Anon Coll. in Verse	Libro della Virtù
Prologue	x	x	x		x				
1. Cock & Jewel....	1	1	1	1	1	1			
2. Wolf & Lamb ...	2	2	2	2	2	2			
3. Dog & Sheep....	3	3	3	3	4	5			
4. Dog & Shadow ..	4	4	4	4	5	4			
5. Sun's Marriage..	5	5	5	5	7	7			
6. Old Lion Sick ...	6	6	6	6	16	19	8		
7. Two Jays	7	7	7	7	9	9	1		
8. Town Mouse & Country Mouse.	8	9	9	9	12	12	4	5	

182. For collections under Nos. 1-5, cf. pp. 43-45; for Nos. 6-12, pp. 31-43.

Isopo Laurenziano	Palatino I	Rigoli	Laurenziano II	Palatino II	Per Uno da Siena Accio Zuccho Del Tuppo	Riccardiano	Apologhi Verseggiati	Anon. Coll. in Verse	Libro della Virtù
9. Eagle & Fox ...	9	10	10	10	13		5		
10. Lion, Wolf & Bear	10	11	11	11	(6)	(6)			
11. Eagle & Tortoise	11	13	13	12	14	13	6	3	14
12. Rat, Frog & Kite	12	14	14	13	3	3			
13. Wolf & Crane ..	13	15	15	14	8	8			
14. Crow & Fox....	14	16	16		15	14	7		
15. Ass & Lap-dog .	15	17	17		17	20	17		
16. Lion & Mouse ..	16	18	18		18	21	18	4	
17. Swallow & Birds	17	19	19		20	16			
18. Ants & Cricket .	18	20	20						5
19. Crow & Sheep..	19	8	8	8					
20. Two Stags	20	21	21						
21. Cuckoo King...	21	22	22						
22. Man & Trees...	22	23	23		54	53	14		
23. Selfish Man's Prayer	23	24	lost						
24. Frogs desiring King	24	25	"		22	22			
25. Doves & Hawk .	25	26	24 (pt)		23	18	22		
26. Dog & Thief ...	26	27	25		24	23	23		
27. Wolf & Sow....	27	28	26		25	24	24 (Title)		
28. Hares & Frogs..	28	29	27		29				
29. Bat, Birds & Beasts........	29	30	28		45	44			
30. Stag & Antlers.	30	31	29		48	47		9	
31. Knight & Widow	31	32	30		49	48		10	
32. Dog & Wolf....	32	33	31		55	54		15	
33. Belly & Members	33	34	32		59	55			
34. Ape & Fox.....	34	35	33		56	56		16	
35. Wolf's Breath ..	35	36	34						
36. Cock & Swallow	36								
37. Doctor & Rich Man.........	37	37	35						

Isopo Laurenziano	Palatino I	Rigoli	Laurenziano II	Palatino II	Per Uno da Siena Accio Zuccho Del Tuppo	Riccardiano	Apologhi Verseggiati	Anon. Coll. in Verse	Libro della Virtù
38. Man, Wife & Lover in Bed..	38	38	58						
39. Man, Wife & Lover in Wood.	39	39	36						
40. Wolf & Shepherd	40	40	37						
41. Peacock	41	41	38						
42. Lamb & Goat Mother	42	42	39			27	26		
43. Man & Sheep	43	43	40						
44. Ass & Lion	44	44	41				11		
45. Fox & Lion	45	45	42						
46. One-eyed Judge	46	49	46						

f. The Language of the Isopo Laurenziano.

The *Isopo Laurenziano* is one of the purest Tuscan texts of the fourteenth century that have come down to us; the language and the grammar are in such close conformity to the rules for texts of the time that the modern reader finds no serious difficulties in its interpretation. It is well, however, to note the following points of grammar, though they apply to other Old-Italian texts as well as to the *Isopo Laurenziano*.

(a). In the use of verb forms, there is variation for the same verb, in the same construction, at different times; cf. *dissero*, XXXV, 7, 11, 18, 40, 58, by the side of *dissoro*, XXXV, 33, 51; *missero*, XII, 42, by the side of *missoro*, XLVI, 18; *andorono*, XII, 32, by the side of *andarono*, XII, 35; *volea*, II, 5, by the side of *voleva*, II, 3; *bevea*, II, 12, by the side of *beveva*, II, 2. These endings occur as follows: *-oro*, 32; *-ero*, 18; *-arono*, 24; *orono*, 2; *-aro*, 9; *-ea*, *-eano*, 102; *-eva*, *-evano*, 26. The ending *-ieno* occurs sporadically in *facieno*, XX, 3, and *avieno*, XXXII, 42; XLVI, 10.

(b). There is confusion in the use of the present and of

the preterit in the following instances, where the two tenses are used in the same sentence without distinction of temporal meaning, cf. XII, 43-44 : "q(u)ando *furono* nel pelago, lla rana si *scontra* p(er) fare anegare lo sorco." Other examples of this intermixture of the present and preterit tenses are as follows : XIII, 29-30; XIV, 16; XVI, 29; XXVII, 13; XXXVIII, 8; XXXIX, 36. Intermixture of the preterit with the imperfect is to be seen in : XXII, Title, and line 3; XL, 13-14.

(c). The second person singular of the first conjugation ending in *-i* (for *-ai*), is found in *lordi*, XXXVI, 28 (183). A form in *-e*, for the same person, is *dimore*, VIII, 9 (183).

(d). The third singular present indicative and subjunctive of *dovere* is found in *-i*, in the following instances: *dei*, XXIII, 14; XXV, 19; XXVI, 21, 22; XXVII, 19; XLV, 24; *dovessi*, XXI, 10 (184).

(e). In the following instances, the final letter, or letters, have been lost from the termination of a verb form before a conjunctive pronoun or adverb attached. The examples do not include cases of the third person plural and infinitive where the apocope is in accord with the modern usage.

Third plural : *ebbolo*, XXV, Title.

Infinitive : *apressagli,*, XLV, 10 ; *montali*, XV, 27 ; *rendegliele*, IX, 5.

In the following cases, assimilation to the word attached has occured as well as the loss of the final letter.

First plural : *andianne*, XLIV, 6 ; *averenvi*, XII, 20.

Third plural : *congnioscollo*, XXIV, 33.

Infinitive : *facelli,*, XXIV, 12 ; *guardallo*, XXVI, 23 ; *nutricallo*, XLII, 3.

(f). The form *gliele* is universal for all genders, no other form anywhere appearing. *Gliele* occurs in III, 2, 3 ; IX, 5, 6, 7 ; XI, 24 ; XXII, 7, 8 ; XXVI, 27 ; XXXV, 27 ; XLVI,*6, 10 (185).

---

183. Cf. Nannucci, *Verbi*, 46, par. VI.   184. Cf. Nannucci, *Verbi*, 589, par. 28 ; 601, par. 3.   185. Cf. Blanc, *Grammatik*, 252.

(g). *Come* is followed always by the nominative, never by the accusative; but two cases occur where the modern usage would require the accusative instead of the nominative; namely, I, 6, "ma sse uno riccho huomo t'avesse trovato com'io;" and VI, 22, "& erano q(u)asi come io." (186)

With regard to the orthography, the *Isopo Laurenziano*, in common with other fourteenth century manuscripts (187), presents the following differences from modern usage.

(a). Apocope of the initial vowel of a word is of frequent occurrence, especially after forms of the definite article, as: *lo'nferno.*, III, 29; the other cases of this are found in XI, 20; XIV, 12; XXXV, 23; XXXVII, 9, 15, 16. It further occurs regularly in forms of the definite article beginning with a vowel, when following a word ending in a vowel, unless the latter vowel be lost.

(b). Consonants at the beginning of a word are frequently doubled after a word ending in a vowel, as: *che ttu*, II, 8; e lla, II, 24. The number of cases where this doubling occurs is as follows: *cc* 18; *ff* 18; *gg* 3; *ll* 201; *mm* 15; *nn* 10; *ss* 105; *tt* 74; *vv* 1.

(c). Double consonants are sometimes simplified, as: *apellato*, Title; the cases of this are as follows: *b* for *bb* 4; *c* for *cc* 9; *d* for *dd* 11; *g* for *gg* 5; *m* for *mm* 10; *n* for *nn* 16; *p* for *pp* 8; *r* for *rr* 1; *s* for *ss* 7; *t* for *tt* 5; *z* for *zz* 24.

(d). The insertion of an *i* before *e* after *c*, *g*, and sometimes *r*, is common, as: *dicie*, I, 1; *giente*, III, 29; *priegho*, XL, 5. The frequency of this occurrence is as follows: *cc* tonic 59, atonic 89; *cie* tonic 40, atonic 24; *ge* 2; *gie* 26 (188); *re* is the rule, but *rie* occurs sixteen times, always in *priegho;* the form *ombria* occurs once, in IV, 3 (189).

---

186. Cf. Ghivizzani, p. ccviii. 187. Cf. the beginnings and endings of the MSS. described on p. 9, *et ss*. 188. Cf. Blanc, *Grammatik*, 120. 189. Cf. Meyer-Lübke, *Ital. Gram.*, par. 88.

(e). An *h* is very often inserted before *a*, *o*, and *u*, after *c* and *g;* cf. I, 14, *sicchome* and *ghallo*. The proportion for the occurrence of this inserted *h* is as follows: *ch* before *a*, *o*, *u*, initial 28, medial 28 ; *c* before *a*, *o*, *u*, initial 720, medial 69 ; *gh* before *a*, *o*, *u*, initial 1, medial 27 ; *g* before *a*, *o*, *u*, initial 2, medial 14.

(f). The nasal sound before a labial is regularly represented by *n*, and not *m*, as inp(er)io, XXI, 10 ; *scinmia*, XXXV, 43, 44. Exceptions to this rule are found in *femmina* XXVII, 16, 19 ; XXXI, 14, 15 ; XXXVII, Title ; XXXVIII, 8, 22 ; XXXIX, 7, 14, 25, 38 ; *scimmia*, XXXIV, Title, 1 ; *sempre*, XXXII, 3 ; and in the first plural preterit of verbs, in XXII, 19, 20 ; XLV, 3 ; XLVI, 30. *MM* for *m* also occurs fifteen times (190).

(g). *N mouillé* is represented by four different combinations, *gn*, *gni*, *ngn*, and *ngni*, as : *vergogna*, X, 22 ; *signiore*, XXIV, 30 ; *angnello*, II, 1 ; *singniore*, XXIV, 8. The proportions are as follows : *gn* 3 ; *gni* medial 43, final 20 ; *ngn* 2 ; *ngni* medial 112, final 5.

(h). An *e* is frequently added to words ending in an accented vowel other than *e*, and to which no pronoun or adverb is attached, as : *andòe*, II, 19 ; *piùe*, II, 12 (191). The proportions are as follows :

Present indicative : without *e* 43, with *e* 45 ;
Imperfect indicative : " " 2, " " 2 ;
Preterit : " " 86, " " 64 ;
Future : " " 34, " " 24.

Sporadic are *see* (imperative), XXXVIII, 6 ; *èe*, XXV, 21 ; XXVIII, 20, 28 ; XXXII, 51.

Adverbs : *altressì* 1, *-e* 2 ; *ciò* 42, *-e* 2 ; *perciò* 5, *-e* 3 ; *così* 42, *-e* 22 ; *là* 4, *-e* 2 ; *colà* 3, *-e* 1 ; *però* 19, *-e* 7 ; *più* 28, *-e* 24 ; *viepiù* 1, *-e* 1 ; *sì* 15, *-e* 22 ; *si* (yes) 1, *-e* 3 ; sporadic are *giàe*, XXII, 25 ; *q(u)ie*, XXXV, 5 ; *vie*, XXIV, 35 ; and *none*, which occurs eleven times.

Pronouns : *lu* 31, *-e* 48 ; sporadic are : *mee*, XIX, 5 ; *lee*, I, 5; *eglie*, XXXI, 11 ; *glie*, X, 16.

Substantive : *di* 2, *-e* 8.

g. Description of the Facsimiles.

The facsimiles at the beginning of the dissertation are of two pages of the text of the *Isopo Laurenziano* as it appears in Cod. Plut. XLII. 30, Biblioteca Mediceo-Laurenziano, Florence.   They are five-sixths of the original size (191).

The first facsimile is of the opening page of the fables, fol. 30a ; it bears the general title, the Prologue, the first fable, and the beginning of the second fable.

The second facsimile is of fol. 46b ; it bears the close of Fable XL, Fable XLI, and the title of Fable XLII.   This page is chiefly interesting because of the number *41*, in the title of the forty-first fable, in which the four is of a form not general until the   century following the date of the manuscript (192).

h. The plan followed in editing the Text.

The plan which I have carried out in editing the text of the *Isopo Laurenziano* is as follows :

1. The text is presented exactly as found in the manuscript, with only the following alterations :
    a. The text is punctuated ;
    b. The orthography and syntax have been changed where the original reading of the manuscript is so corrupt as to be incomprehensible ; such changes are in italics.

---

191. These facsimiles are from photographs taken for me by the assistants of the Laurentian Library.   192. That is, until the fifteenth century, the MS. is of the fourteenth (cf. p. 8).

2. There is a system of underlining by which the exact relation of the text of the *Isopo Laurenziano* to that of *Marie Q* is shown (193).

3. Footnotes to each page, in which are cited:

   a. All forms of the manuscript which have been altered in the edited text; there is, however, no citation of words to which one or two letters have been added, or to whole new words supplied, as such additions are sufficiently indicated by being in italics.

   b. Those forms of the corresponding fable of *Marie Q* that are similar to passages in the Italian fable, yet do not correspond exactly to it in word and form; such citations refer to the parts of the text having a wave underline.

4. Explanatory Notes.

---

193. Exact correspondence of word and form between the French and Italian is shown by a straight underline; other more general correspondence is shown by a wave underline and the equivalent French expression is cited below, under the number of the line containing the Italian passage.

2. TEXT OF THE ISOPO LAURENZIANO.

ISOPO LAURENZIANO.

Biblioteca Mediceo-Laurenziana, Florence, Italy, Codex Pluteo XLII-30; Folios 30-48.

QUESTO LIBRETTO E APELLATO L'ISOPO, RECHATO DI GRA-
MATICA IL VOLGARE.

PROLOGUE.

Quelli che sanno le scritture dovrebbono bene mettere
2 lo loro cuore nelli buoni exenpli & nelli detti di philosafi,
3 ond'amendare, si potessano, q(u)elli che vivono disordinata-
4 mente; che molti philosophici & altri savi lasciaro la scrip-
5 tura, dopo loro morte, p(er)chè ie gienti si ghuardassono
6 dalli malfattori. Romulus, che ffu inp(er)adore di Roma, si
7 comandò al suo figliuolo com'elli si dovesse guardare p(er)
8 esenplo *che huomo* nol potesse inghannare. Et l'Isopo
9 similemente, si mandò al suo maestro una pistola, che ffu
10 molto bella d'asenpli, siccome voi udirete inanzi. E molto
11 se ne fanno maraviglia li savi che'l suo senno mise in
12 tali exenpli, p(er)ochè paiono *quasi* favole alle gienti ; ma
13 no(n) ve n'ae una sì picchola che non sia una philosofia a
14 lloro intendimento, che llà è. (E) q(u)esta pistola mandò
15 elli scripta al suo maestro in liughua grecha, & poi si
16 trallatò in francesco, & ora l'*o* traslatata il latino.

Manuscript: 4-philophici ; 8-come ; 12-*lacuna ;* 13-philolosofia ; 16-a.
Marie Q: 1-letreure; 2-cure; biaus; 3-que; 4-Par moralite escrivoient
    Les bons essamples cu'il ooient; 7-manda; contregaitier; 8-nes;
    9-escrit ; fables; 11-merveille en orent li plusor; 12-tel labor;
    13-Mes n'i a fable de folie, Ou il ne ait filosofie. 14-qui sont apres ;
    fables ; 15-Esopes.
Marie Q untranslated: Lines 5-6, 10-11, 18, 26-38.

1. COCK AND JEWEL.

Capitolo Uno : Del Ghallo. .I.

Dicie che uno ghallo, andando p(er) prochacciare sua vi-
2 vanda sue p(er) uno monte di letame, si guardòe e vide una
3 molta bella pietra pretiosa; & q(u)ando l'ebbe veduta, tenne
4 la mente e nolla ricolse, & disse : "Io vorrei inanzi avere
5 trovato uno granello d'alcuna biada che tee, p(er)och'è mio
6 cibo, ma sse uno riccho huomo t'avesse trovata, com'io, rico-
7 glierebbeti & terrebeti molto cara. Ma q(u)esto non ti farò
8 già io, anzi ti lascerò stare, dacchè io non ti posso godere,
9 & non ti ricoglieròe nè honore non ti farò." (E) così lasciò
10 stare.

Chiosa di q(u)esto Primo Capitolo.

11   Per q(u)esto assenpro potemo vedere che ssono molti
12 huomeni, che viene loro una buona ventura alle mani, si
13 nolla sanno pigliare, tanto sono vili e pieni di pigheritia ;
14 anzi la lasciano pigliare altrui, sicchome fece lo ghallo.

Manuscript : 4-verrei avere inanzi avere.

Marie Q: 1-reconte; porchacoit ; 2-monta; femier; 3-clere iame; 4-fait-il;
    5-6-ma viande ; 6-la trovast : 7-d'or molt l'ennorast. 8-9-q(u)ant ma
    volente n'ai de toi. 9-Mais ja ennor n'avra de toi ; 11-12–Ainsi est-il
    de mainte gent; 12-a lor talent ; 12-13-Bien ne honneur n'oient ne
    p(r)ise(n)t.
Marie Q untranslated : Lines 9-10, 13-14, 20, 22.

II. WOLF AND LAMB.

Capitolo Secondo: Del Lupo & dello Angniello. . II .

Dicie che una volta si trov*ono* insieme lo lupo e ll'angnel-
2 lo in uno fiume d'acq(u)a ; lo lupo stava di sopra e beveva,
3 & l'angniello stava di sotto & volea bere, e ll'acq(u)a
4 correa versso l'angniello. E ll'angniello standosi così sen-
5 pliciemente in q(u)esto fiume, volea bere. / *fol. 30b* / Lo
6 lupo gli parlò molto adiratamente & disse : "Tu mmi fai
7 grande noia." Et l'angniello rispuose e disse : "Mess(er)e
8 di chè ?" (E) *lo* lupo disse : " Or, no(n) vedi tu che ttu
9 m'ai ghuasta q(u)esta acq(u)a e *l'ai* intorbidata, sicchè
10 nolla posso bere come io vorrei, sicchè io n'anderò mo-
11 rendo di sete com'io ci venni." Disse l'angniello :
12 "Mess(er)e, io no(n) sapea ch'io vi facessi noia, p(er)ochè
13 io bevea di sotto, ma io non ci beròe piùe. Ciò, ch'i'o preso,
14 sìe conosco da voi." Lo lupo dicie : "Maladicimi tue?"
15 (E) l'angniello dicie : "Mess(er)e, noe, & non o volere."
16 Disse lo lupo : "Io non ti credo, p(er)ciòe che q(u)esto
17 medesimo mi fece lo tuo padre in q(u)esto medesimo
18 luogho, già è bene sei mesi, che ttue non eri ancora nato,
19 ciò credo." "Or vieni q(u)i a me," disse lo lupo, &

Manuscript: 1-trovo; 5-*Repetition after fol. 30b:* e ll'acq(u)a correa verso
l'angniello & l'angniello standosi cosi semplicemente in q(u)esto
fiume e volea bere. *There is an e between* fiume *and* volea, *as in the
repetition.* 19-q(u)a.
Marie Q: 2-a . i . doisel; a la source; 3-estoit; 6-a lui; 7-a respondu;
8-dont; 10-ne; ma saulee; autresint; 11-respont; 13-bevez vos amont;
beu; 14-dist; 15-cil; a dist; 16-respont; g'en sai le voir; 17-a ceste
sorsse; 18-ore a; nese pas; 19-si com ge cuit.

II. WOLF AND LAMB.

20 l'angniello, come di buona fede che non se ne pensava
21 male, si n'andòe; e llo lupo si llo prese inmantanente e
22 mangiòlosi.

Chiosa di q(u)esto Secondo Capitolo.

23   Per q(u)esto essenpro s'intende delli huomeni ricchi
24 malvagi, che anno alcuna signoria contra la povera giente,
25 che si brigano p(er) q(u)alunq(u)e cagione, e lli possono
26 togliere l'avere e lla persona; & in plato altressì *ciascuno*
27 dicie: "Elli non si potrà aiutare da me, p(er)ochè non
28 a da spendere." (E) p(er) q(u)este cotali cagioni, tolgono
29 loro ciò ch'elli an(n)o.

Manuscript: 26-che.
Marie Q: 21-l'aignel; 22-au denz l'estrangla & ocit; 23-robeor, Li
  viconte & li jugeor; 24-de cels qui sont en le(u)r justise; 26-a; 29-
  Le(u)r char le(u)r tollent & la pel.
Marie Q untranslated: Lines 6, 26-28, 34-35, 38.

III. DOG AND SHEEP.

Capitolo Terzo: Del Cane & della Pecore. . III .

Uno cane, rubatore e malvagio, si prese uno pane a una
2 pecora, sicchè venne a po tenpo & richiesògliele. La
3 pecora in povertade si gliele neghòe. Lo cane se ne
4 richiamòe dinanzi alla singnioria ; e lla pechora, essendo
5 davanti al signiore, sigli pur negha q(u)esto pane. Disse
6 lo giudice al cane : " Ai tu testimone ?" Disse lo cane :
7 " Messer, sìe, oe." Disse lo giudice : " O venghano
8 dinanzi." Lo cane andòe p(er) lo nibbio e p(er) lo lupo &
9 consigliasi colloro privatamente, & disse loro : "Io vi
10 priegho che voi dobbiate dicere che io l'abbia prestato, &
11 se voi lo direte a mio senno voi avrete la parte vostra, &
12 ordineremo insieme di partire p(er) terzo ciò ch'ella avea."
13 Li testimoni furono venuti e dissoro p(er) loro saramento
14 ch'eglino gliel'aveano veduto prestare dal cane q(u)esto
15 pane. La pecora fue semplice, non fecie libello nullo, lo
16 e no(n) diede incontra li testimoni, li q(u)ali erano di male
17 fama & non ebbe giudicie che lla tasse : onde la giustitia

Marie Q : 1-menteor, De male guise tricheor ; avait preste ; 2-demande ;
3-tout ; 4-emplaida....l'amena ; 5-demanda ; 6-la justise ; se il nul
tesmoignage en a ; respont ; 7-qu'il en a .ii. 11-Savez p(our)coi
chaucuns le fist, Qu'il en atendroit partie ; 13-cil furent avant ; ont
aferme ; 14-15-Que ce fu voirs q(ue) li chiens dit ; 17-li jugeurs.

III. DOG AND SHEEP.

18 giudicòe che / *fol. 3ra* / da indi a q(u)atro die l'avesse
19 renduto sotto grande pena. La pecora non ebbe onde lo
20 rendesse, fue mestiere ch'ella vendesse la lana ; & lo verno
21 venne, lo freddo l'entròe adosso, e morìssene. Lo cane e'l
22 lupo e llo *nibbio* sì lla si mangiarono tutta q(u)anta.

Chiosa di q(u)esto Terzo Capitolo.

23   Per q(u)esto assenpro si puote vedere delli malvagi
24 huomeni ingannatori, che pensano com'ellino possano torre
25 l'altrui p(er) poca di ragione ; & truovansi con altri loro
26 co(n)pagni & mali huomeni, i q(u)ali rendono testimonianza
27 falsa p(er) moneta che ne guadagniano, laonde li tristi mi-
28 schini si p(er)giurano in contrario e contro lo prossimo e
29 falsano la fede, onde molta giente vanno al luogho del-
30 lo'nferno.

Manuscript: 22–lla cerbia.

Marie Q: 18-19-rendut ; 19-ainz qu'il fust pis ; chastive ; 19-20-do(n)t
    rendre ; 20-ainz li convint ; ve(n)d(r)e ; 21-estoit ; fu morte ; 22-Que
    la chars fust entreus detrete ; 23-vos veilg mostrer ; p(er) tricher ;
    24-homme ; p(er) mentir ; 26-27-Faus tesmoignages avant traie(n)t.
Marie Q untranslated: Lines 8, 32-34, 38, 40-42.

IV. DOG AND SHADOW.

Capitolo Q(u)arto : Del Cane e del Cascio. . IIII .

Dice che uno cane, avendo uno formaggio in boccha, pas-
2 savase p(er) uno ponte, sicchè passando guardò nell'acq(u)a
3 e vide l'ombria sua e q(u)ella di q(u)ello cascio ; onde elli
4 si pensòe inmantanente d'avere q(u)ello cascio, lo q(u)ale
5 gli parea che fosse nell'acq(u)a. P(er) pigliare lo cascio,
6 si p(er)dette q(u)ello, ch'elli tenea, p(er) q(u)ello che non
7 ebbe, e ffue presso *che affogato*.

Chiosa di q(u)esto Q(u)arto Capitolo.

8   Per q(u)esto exenpro si puote vedere delli huomeni
9 volonterosi, che desiderano d'avere q(u)elle cose che no(n)
10 possono avere, & cosìe di ciòe perde q(u)ello ch'ae, p(er)
11 q(u)ello che non ae spesse volte.

Manuscript: 1-e *before* passavase.
Marie Q: 1-recont ; tint ; vint ; 2-a mi le ; 3-du formage ; 4-to(us) deux ;
    6-& son formage ot-il p(er)du ; 8-10-Cil qui trop veulent couvoitier.
    Qui plus couvoite qu'il ne doit ; 10-ce ; 10-11-& de l'altrui n'a il
    noient ; 11-souvent.
Marie Q untranslated: Lines 8-11, 16.

V. SUN'S MARRIAGE.

Capitolo Q(u)into :   Del Sole che volca pigliare Moglie.   .V.

Dicie che'l sole voleva una volta pigliare moglie, & erane
2 molto talentato, sìe che'l andòe dicendo a tutte le criature;
3 sìe che lle criature furono savie. che sse n'andarono al Des-
4 tinato & dissorgli come lo sole volca pigliare moglie. E llo
5 Destinato disse alle criature :   "A voi che nne pare?"
6 Disse una delle criature, ch'è molto savia :   "Q(u)ando lo
7 sole è ssì caldo che lla state fae seccbare ongni erba sanza
8 moglie, dunq(u)e, s'egli avesse co(n)pagnia, farebbe sìe
9 potente caldo che nessuno huomo nolli canperrebbe inanzi.
10 e p(er)ò io, p(er) me, dico che nolli sia data." E'l Distinato
11 disse: "Ne a me.   Dico che com'egli è stato lungo tempo
12 sanz'essa, che così si stia ; nè p(er) me no(n) voglio che se
13 ne sforzi." / fol. 31b /

Chiosa di q(u)esto Q(u)into Capitolo.

14   Per q(u)esto asenpro si puote vedere che q(u)ando uno
15 singniore ci è rio huomo, nolli sia data piùe conpagnia, on-
16 d'elli si possa piùe afforzare di fare piùe male, che co(n)
17 più forza averàe, piùe male faràe, & q(u)anto meno a di
18 forza, meno male puote fare.

Marie Q : 1-faz entendre; veult fame prendre; 2-toute creature; 3-la
destinee; 4-mostrerent du ; qui de fame requiert co(n)seil ; 4-5-La
destinee leur co(m)mande, Que voir dient de la demande & ce que
avis lor en estoit; 6-Cele parla qui plus savoit; 7-fait; El tens d';
8-a ; 9-pouroit soufrir Desouz lui vivre ne garir; 10-11-La Destinee
respondi; 11-a ; g(r)ant; 12-13-riens n'en fera; 14-15-les maus
segnors; 15-16-Q(u)e pas ne doivent enforcir, Ne a plus fort acom-
paignier; 17-pis leur fet.
Marie Q untranslated: Lines 4, 15, 22, 25, 29-30, 32.

VI. OLD LION SICK.

Capitolo Sesto : D'uno Leone ch'era agravato d'infermità.

. VI .

Dice che uno leone era molto agravato di sua infermi-

2 tade. Le bestie l'ebboro saputo com'egli non si potea

3 levare, raghunarssi insieme per andarlo ad s(er)virlo, &

4 feciono senbianti che ne fossoro molto dolenti. Dissono

5 intra lloro : "Andiamo a llui, e ssi llo aiutiamo, p(er)och'e-

6 gli è nostro singniore." Sìe che ciascuna bestia pensava

7 pure di bene farli s(er)vigio e piacimento, per avere la

8 sua gratia. Q(u)ando furono giunte allo leone e vidono

9 ch'elli non si potia levare, nè tanto nè q(u)anto, incon-

10 tanente tutti l'ebbono a vile, & dissono infra lloro :

11 "Costui non si può levare oggimai piùe." Onde prima

12 lo bue lo cominciòe a scorneggiare, e llo montone lo scal-

13 cheggiava, la volpe lo scoupisciava adosso, la lievre gli

14 saltava in sul dosso, lo topo li rodea lo cuoio, & altri assai

15 ne faceano grande beffe di lui. Disse lo lione : "Oi,

16 lasso a me! Che ggià vidi ora e tenpo che q(u)ando io

17 pure munghiava un poco, tutte le bestie che m'udivano,

18 lunghi e presso, si tremavano tutte di paura & ciascuno si

19 brighava di servirmi e piacere chi più poteva ; & hora,

Manuscript: 4-molti.

Marie Q: 1-conte li escris ; Malades jut m(o)lt longuement ; 2-3-De
relever estoit noient ; 3-s'asemblerent, P(or) lui veoir a cort alerent ;
4-sont ; 12-de ses cornes le boute ; O le pie le fiert ; 16-18-ge vot
merveilles, Bien me souvient q(u'e)n mon ae, Q(u)ant j'estoie
jeune en sante, Q(ue) toutes les bestes me doutoient Comme seignor,
e ennouroient ; Q(u)ant g'iere irez, fort se cremoient, & tuit de mire
se doutoient.

VI. OLD LION SICK.

20 p(er)chè mi vegghono ch'io non mi posso aiutare, si fanno
21 beffe e schorno di me ; & più mi pesa di coloro che ssoleano
22 essere miei amici, & ch'io aveva molto servito, & erano
23 q(u)asi come io. Bene veggio che'l no(n) possente a
24 pochi amici.

Chiosa di q(u)esto Sesto Capitolo.

25   Per q(u)esto exenpro potemo vedere *di* q(u)elli, che
26 ssuole essere riccho di persone e d'avere, e llo viene in
27 povertade o in lungha infermitade, che tutti gli suoi amici
28 li venghono meno.

Manuscript: 25-che.
Marie Q : 20-afoibloie ; 21-M(o)lt me semble de greignor vilte ; 21-22-
qui furent mi p(r)ive, & cui je fis ennor & bien; 25-28-meisme raison,
Prenons essample ; Quiconques chiet en non pouvoir, Si pert sa
force & son avoir; Tuit lo tienent en g(r)ant vilte, Nesli plusor
qu'il l'ont ame.
Marie Q untranslated : Lines 8-12, 16, 26, 30-31.

VII. TWO JAYS.

Cap tolo Settimo : D'una Ghazza *che* cerc va Albergho.
.VII.

Dice che una ghazza andava volando p(er) trovare
2 albergho là ov'ella potesse partorire. sì che si scontrò in
3 un'altra ghazza. Salutòlla e disse : I t ri d'uno
4 grande s(er)vigio." (E) q(u) lia ris u se s : " C -
5 manda, che in ciò buono ch'io potrò. sì ti s(er)virò molto
6 / /ol. 32a / allegramente." E) q(u)ella disse : Io ti
7 priegho, p(er) l'amore di Dio, che ttu mmi de bi dare
8 tanto d'agio in casa tua ch'io vi pote si partorir , se ti
9 piacie." (E) q(u)ella disse : " Io me n'uscirò fuori p(er)
10 lo tuo amore, & tue vi entri, e ffanne sicome la mia casa
11 fosse tua." (E) poi si ne andòe collei e missela nel suo
12 albergho, & ella, di e notte, la visitava & portavale di
13 q(u)ello che lle facea bisognio. Q( )ando gli figliuoli
14 furono nati, e lla ghazza che v'era l'a/bergo si preghò
15 ch'ella le dovesse rendere oggimai lo suo albergo, " con
16 ciò sia cosa ch'io t'o fatto s(er)vigio cotanto tenpo che
17 ttue mi chiedesti, & a me fa mestiere di tornare oggimai
18 in casa mia." Rispuose l'altra ghazza e disse : Io conosco
19 bene che ttu m'ai fatto grande s(er)vigio di casa tua, ma
20 ancora ti priegho p(er) Dio che ttue mi ci lasci stare infino
21 alla state, che lli miei figliuoli sono troppo piccoli, e llo
22 freddo è grandissimo, e cosi sì morrebbono, ond'io no(n)

Manuscript : 14–abergo.
Marie Q : 1–lisse ; 2–qui pres estoit de chaaler ; 3–lisse ; 7–requist ;
7-8–Q(ue) en son ostel la souffrist ; 8–Tant que elle eust chaele ;
13-14–Mes q(u)ant ele ot eu chaaix ; 14–l'ostel ; 20–Lors li requist
p(ar) charite ; Herberiast ; jusqu' ; 21-22–Ivers estoit p(ar) sa froidor ;
22–morroit.

VII. TWO JAYS.

23 sarei mai lieta." La ghaza dello albergho, udendo
24 q(u)esto, si mosse a piatade e lasciòlla vi stare. Q(u)ando
25 lo verno fue passato, e ffue venuta la state, e q(u)ella si
26 richiese l'albergo suo molto umilemente, "con ciò sia cosa
27 che lli figliuoli sono sì che possono volare." L'altra gazza
28 venne inverso lei colli suoi figliuoli irosamente & co(n)
29 grande sup(er)bia e disse: "Come se ttu tanto ardita
30 che ttu ci venghi p(er) q(u)esto? Or no(n) vedi tu ch'io
31 o sette figliuoli tutti grandi? Vatti via, e mai no(n) ci
32 tornare più, che sse più ci tornassi, tutta q(u)anta ti farei
33 stracciare alli miei figliuoli." Q(u)ella ebbe paura. las-
34 ciòlle la casa, e andòssi via.

Chiosa di q(u)esto Settimo Capitolo.

35 Per q(u)esto exenplo potemo vedere che molti huomeni
36 cortesi sono già stati, [che] p(er) fare altrui s(er)vigio
37 delle sue cose, & p(er) trarre altrui inanzi ad onore, & per
38 allevare altrui, & q(u)ando egli sono montati in onore &
39 anno più forza di colui che ll'a aiutato, sì gli anno renduto
40 malmente; & a molti è ggià avenuto.

Manuscript: 39–renduti.
Marie Q: 24–Cele ot de lui mout g(r)ant; Si li a ainsint otroi; 25–le
biau temps vit revenir; 25-26–Adonc la rouva fors oissir; 29–
coumenca a jurer; 32-34–Se james l'en ooit parler, Que si chael
la detrairoient, & hors de l'ostel la metroient; 35-36–puet l'en
savoir E p(ar) maint preudome veoir; 36-37–Qui p(ar) bonte de son
courage; 37–Qui felon home o lui aquelt; 39–Est chaciez de son
eritage.
Marie Q untranslated: Lines 3-4, 8-10, 12, 14-16, 31-32, 34.

VIII. TOWN MOUSE AND COUNTRY MOUSE.

Capitolo Ottavo :   Del Topo.   .VIII .

Dice che uno sorcho, andando sollazando da una villa a
2 un'altra, uno bosco era in q(u)ello mezzo tanto che lli
3 convenne albergare in q(u)ello bosco.   Una riccha magione
4 era, q(u)ivi presso, ch'era d'uno singniore che faceva fare
5 grande lavoriera di cera.   Q(u)and'elli fue presso a q(u)esta
6 magione, iscontròssi in un altro topo ; disse / *fol. 32b* / lo
7 topo del bosco a q(u)ello della magione :   "Fratel mio,
8 ben sia tu trovato, molto sono allegro ch'io ti veggio bello
9 e grasso, in buono luogho stai e dimore."   Disse lo topo
10 della magione :   "Ben sia tu venuto, fratel mio, che ben
11 ti di vero che io sto bene & assai o da bere e da mangiare,
12 biada e farina & altre cose."   Disse lo sorco del bosco :
13 "Potre'io avere di q(u)esto bene che ttu ai, che io *n'o*
14 molto poco ?"   "Mai sì," disse lo topo della magione,
15 "se ttue fossi con venti si avremo assai da mangiare, &
16 ora vieni con meco."   (E) menòllo in casa e mostrògli lo
17 cielliere del vino, piene le botti, e mostrògli lo mulino e
18 lle sacca della farina e l'arche della biada.   Q(u)ando
19 q(u)esto fue dentro, tennesi riccho & incominciò ad man-
20 giare della farina e di q(u)ella biada dell'arche, & ora
21 mangiava d'una cosa & ora d'un altra.   Q(u)ando venne

Manuscript: 13–io molto no(n) poco.
Marie Q :   1–une ; vouloit aler ; 1-2–a une vile prochaine ; 2-3–Dedens
un bois li annita ; 3–.I. ostelet iluec trova ; 6–souriz ; 13–S'ele ot illec
point de viande ; 14–respont ; 15–Se aviez plus compaignie ; Si serez
vo(us) m(o)lt bien servie ; 16–lui s'en viegne ; 16-17–En riches sales
l'amena, Si li a moustre ; ses celiers ; 17–Plente.

VIII. TOWN MOUSE AND COUNTRY MOUSE.

22 la notte, lo singniore della magione udiò cosìe rodere li
23 topi, chiama li fanti ch'elli uccidessoro. Li fanti lievansi
24 & accendono lo lume e venghono all'arche, chi con pietre
25 e echi co(n) bastone *danno* loro & p(er) l'arche e p(er) la
26 magione. Lo topo della magione, q(u)ando senti li fanti,
27 fue acorto com'era usato, e ffuggie in uno suo pertugio,
28 come solea. Lo topo della villa no(n) sapea la magione,
29 viene fuggiendo q(u)à e llà, & no(n) sapea ove si rico-
30 verare, tanto che p(er) adventura s'abbatteò al pertugio
31 dell'altro topo e ricoveròvvi altressìe. Disse lo topo del
32 bosco a q(u)ello della magione: "Or non ai tu paura
33 avuta?" Disse q(u)ello della magione: "O di chè?"
34 "Di coloro che gittavano le pietre e lli bastoni." Disse
35 lo topo della casa: "Io semme ne sono usato spesse volte
36 l'anno." Disse lo topo della villa: "Tue mi contasti lo
37 bene c'ai, ma del male no(n) mi diciesti tu niente, onde io
38 non ci voglio più stare, anzi voglio mangiare le mie fave
39 secche & avere sicurtade, che avere q(u)esto bene con
40 paura tuttavia d'essere morto."

Chiosa di q(u)esto Ottavo Capitolo.

41 Per q(u)esto exenplo potemo vedere che meglio è stare
42 col suo poco sicuro, che non è vivere coll'altrui richezze
43 in dubbio di persona.

Manuscript: 24–dando.
Marie Q: 23-24–lors vindrent li bouteillier; 24–ou celier; 26–les souriz;
27–fuient es; 36-37–ton; 37–ton; ne deis rien; 38–Mielz aime estre
ou; 39-40–Qu'en ces granz sales o tristesce; 41–fable; 41-42–miex le
sien petit, Qu'il a en pes et sanz doutance; 43–a mesance.
Marie Q untranslated: Lines 7-8, 14-18, 20-23, 28, 31, 33-44, 47-50.

IX. EAGLE AND FOX.

Capitolo Nono: D'una Volpe e d'una Aq(u)ila. .VIIII.

Dice che una volpe era uscita della sua tana & menava
2 uno suo figliuolo inanzi; un aq(u)ila venne e tolscgliele e
3 portòlselone al suo nido di suoi figliuoli p(er) darlo loro
4 bizichare. La volpe valle dietro chiamandole merciede
5 che gliele rendesse; / *fol. 33a* / l'aghuglia none churava
6 niente di rendegliele. Q(u)ando la volpe vide che nolle
7 giovava niente di chiedcre merciedc, ne altro prieglio che
8 gliele rendesse, andòssenc tanto cercando ch'ella trovòe
9 del fuoco, e presenc uno tizzone, c vennesene all'albore
10 ove l'aguglia avea lo nido delli suoi figliuoli, p(er) ardere
11 l'albore e lli figliuoli dell'aghuglia. Q(u)ando l'aghuglia
12 la vide venire col fuoco in boccha, ebbc grande paura delli
13 figliuoli, disse alla volpe: "Dunq(u)e vuogli tu ardcre
14 l'albero acciochè lli miei figliuoli muoiano, frate? Anzi
15 ti ritogli tue lo tuo figliuolo." (E) allora l'aguglia lo
16 ripuose in terra sano e salvo, e lla volpe vide ch'ella
17 nogli avea fatto nullo male, gittòe lo tizzone del fuoco via,
18 & mettessi inanzi lo suo figliuolo, e vassene con esso.

Marie Q: 1-conte; un; 1-2-O ses enfans devant en va; 3-.I. enporta;
4-Li; 5-rende son esfant; 5-6-cil ne l'en vout escouter; 9-le chesne;
son; 13-au; 14-Ja seront mort tuit mi oisel; 15-pren ton chael.

IX. EAGLE AND FOX.

Chiosa di q(u)esto Nono Capitolo.

19 Per q(u)esto esenpro potemo vedere dello riccho argho-
20 glioso, che ggià del povero non a mercede, nè p(er) pianto,
21 nè p(er) grida, nè p(er) chiamarti mercede ; ma q(u)ando
22 egli vede che s'arghomenta p(er) aiutarsi, allora s'aumilia
23 versso lui.

Manuscript : 20–*Between* mercede *and* ne *come the following words,
marked with the dots beneath to be omitted :* ma q(u)ando elli vede.
Marie Q : 19–entendoumes ; 20–n'avra ; 21 cri ; 21-22–se cil s'en pouvoit
venchier ; 22-23–le verroit a souploier.
Marie Q untranslated: Lines 8, 10.

X. LION, WOLF AND BEAR.

Capitolo Diecimo : Del Lione e del Lupo e dell'Orso . X .

Dice che uno leone si trovò una volta col lupo e col-
2 l'orso ; disse l'orso al leone : "Andiamo insieme e facciamo
3 conpagnia, & ciò che noi ghuadangniamo, partiamo in-
4 sieme tra nnoi e lo lupo." E'l leone disse : "Volentieri,
5 ben ai detto." Minsonsi tutti e tre nella foresta ; andando
6 insieme, trovarono uno cierbio molto grasso, sicchè'l
7 presoro. Disse lo leone : "Chi partirà q(u)esto cierbio?"
8 Disse lo lupo : "Voi siete signiore di farne q(u)ello che
9 vi piace." Lo leone si nne fece tre parti e disse : "Il pri-
10 miero piglio io l'una parte p(er)och'i'sono lo maggiore.
11 e lla seconda piglio io p(er) mia parte p(er)ochè ssono lo
12 terzo co(n)pagnio, & la terza parte debbo avere p(er)och'io
13 lo presi e uccisi, & se voi ne dicessi altro si saresti miei
14 nimici." L'orso e llo lupo, udendo q(u)esto, dissero :
15 "Mess(er)e, voi avete assai bene partito e tutto ci piace."
16 E q(u)esto dissero piùe p(er) paura che p(er) amore ; &
17 cosìe glie lasciarono tutto & andarsi via.

Marie Q: 1–li ; jadis ; 2–bugle ; 5–en sont ou bois ale ; 6-7–pris l'orent ;
7–Li leus li bugle demanda Coument le cerf dep(ar)tira ; 8–"Ce ert,"
fait-il, "a mon seignor ; 9-10–Que la premiere ; auroit ; 10–qui ert
rois ; 11–autre ; Qu'il ot este ; 12–autre ; Raisons estoit car il ; 13-14–Se
nule beste le prenoit, S'anemic mortex seroit ; 17–Tout lor estut le
cerf laissier.

X. LION, WOLF AND BEAR.

Chiosa di q(u)esto Decimo Capitolo.

18   Per q(u)esto exenpro si dee ghuardare ogni huomo di
19   no(n) fare co(n)pagnia co(n) nessuno che ssia più pos-
20   sente di lui, p(er)och'elli lo puo– / *fol. 33b* / te inghannare
21   e farli forza q(u)and'elli vuole, e nolli vale nulla ragione
22   ch'egli abbia, e che sìe ne rimase con ira & co(n) vergogna.

Marie Q: 19-20–fort home que il ne soit.
    Marie Q untranslated: Lines 3-4, 6, 14, 16, 27-40 (Fable Xb), 41, 44-48.

XI. EAGLE AND TORTOISE.

Capitolo Undecimo : Dell'Aguglia e del Pesce Scaglia . XI.

Dice che una aguglia volava lungho lo mare, che volea
2 de pesci, sìe che trovòe uno pesce lo q(u)ale si chiama lo
3 pesce scaglia ; e q(u)ando l'ebbe trovato, brighavi di ron-
4 perla p(er) pizicharla. Nolla potea ronpere p(er)ochè'l
5 pesce scaglia sì è molto duro a ronperlo ; sicchè, stando in
6 q(u)esto pensiero, una cornacchia vi s'abattèò e disse :
7 " Bel mio singniore, io veggio bene che vi fa bisognio lo
8 mio aiuto e llo mio consiglio, che veggio che voi no(n)
9 sapete ronpere lo pesce scaglia, ma io v'insengnieròe come
10 voi lo potrete aprire." E ll'aghuglia disse : "Io lo voglio
11 volentieri." Disse la cornacchia : "Or volate molto alto,
12 lo più che voi potete, e poi lasciate cadere lo pesce, & in-
13 mantanente si ronperàe." E ll'aghuglia così fece. E lla
14 cornacchia malitiosa stava in ghuato p(er) esso, e ella lo
15 vide caduto giuso, e videlo aperto, si andòe làe e tutto si'l
16 mangiòe, e poi si nascose. L'aghuglia venne a terra

Marie Q: 1–uns; vint volant; Jouste la; 1-2–poisson querant; 3–oytre
(*a correction in the manuscript for an erased word ending in* e ; *possibly
this word was the* welke, *geueral in the other manuscripts of Marie's
fables*); 3-4–Mes il ne set en quel maniere, Poist l'eschaille ; 6–l'encontra ; 9–que l'ensaignera ; 10–l'eschaille devra ; 11–a mont voler ;
12–Si haut co(m) il pouroit monter ; laissast ; eytre ; 12-13–Ainsi la
povra depecier ; 13–Haut la porta, cheoir la laist ; 14–fu ; 15–avant
ala ; 15-16–Le poisson, qui enz fu, menja ; L'eschaille laisse, si s'en
vola ; 16–fust venuz.

XI. EAGLE AND TORTOISE.

17 molto volonterosa p(er) becchare lo pesce, ciercòe, e vide
18 lo pesce tutto voto, ebbene grande yra, che no(n) sapea
19 come si fosse advenuto.

Chiosa del detto Undecimo Capitolo.

20 Per q(u)esto exenplo potemo vedere degli uomeni
21 felloni che p(er)'ngiengnio e p(er) malitia si brigha d'in-
22 ghannare lo vicino suo, che di tale cosa, lo consiglia on-
23 d'elli none potrebbe a capo venire ; & q(u)ando elli sono
24 meglio insieme, allora gli toglie l'avere ch'egli a ghua-
25 dangniato p(er) grande travaglio e procacciatolo ; e poi
26 gliele toglie.

Marie Q : 20-21-vos di essample dou felon ; 21-qui ; agait ; 23-ne puet ;
traire.
Marie Q untranslated : *Lines 6, 10, 13, 16, 20, 24-26.*

XII. RAT, FROG AND KITE.

Capitolo Dodecimo :   Del Sorchio e della Rana.   XII.

Dice che uno sorcho avea trovato un suo rifiudo in uno
2 mulino, sicchè uno die, q(u)ando la famiglia della casa
3 no(n) v'era, lo sorco si stava in su l'usciale al sole e
4 spiluccavasi li piedi, & p(er) adventura passava indi una
5 rana. Disse la rana : "Dio ti salvi." Disse lo sorco :
6 "Ben sia tu venuta." Disse la rana :   "Se ttu lo singni-
7 ore di q(u)esta magione ?" Disse lo sorco :   "Amica, sì,
8 di q(u)esta casa sono stato uno poco singniore, ch'io la
9 posso pertugiare dall'uno lato al'altro, s'io voglio, e sono
10 singniore d'assai farina e d'altre cose assai, / fol. 34a /
11 & se ttue vuogli alberghare co(n) meco, io sono bene
12 agiato di darti buono albergo & assai a mangiare e bere."
13 La rana disse : "Ben voglio vedere come tu cci stai."
14 Entrò dentro e cominciò a mangiare e a ghodere p(er) lo
15 mulino. Disse lo sorco : "Come ti pare stare, amica ?"
16 Disse la rana : "Bene, salvo che ttue avessi dell'acq(u)a
17 p(er) inmolare lo tuo cibo e p(er) bere." Disse lo sorco :
18 "Bene ce ne dei avere ;" & comincia a cerchare p(er)

Marie Q : 1-une ; mesnage ; 2-jor ; 3-s'asist desor son suelg ; 4-sez ;
Devant lui ; 6-Demanda ; s'ele ert dame ; 7-la ; respont ; la ; 8-9-Pieca
que en ai la baillie, Bien est en ma subjection, Q(u)ant es pertuiz
tout environ ; 11-12-Or remanes en nuit o moi, Je vous menrai en
droite foi ; 12-avrois farine ; grains ; 14-enz ; 15-la ; demande A la
raine de sa viande ; 16-17-S'ele eust est moillie.

XII. RAT, FROG AND KITE.

19 essa, e no'ne potea trovare. Disse la rana : "Frate mio,
20 io voglio che ttue vengha con meco alla riviera, là ov'io
21 dimoro, e vedrai come bello stallo v'ae & averenvi da bere
22 assai." Disse lo sorco: "Bene vi voglio venire, ma
23 aspettiamo infino alla notte, che no(n) siamo veduti."
24 Q(u)ando venne la notte, lo mugniaio recò dell'acq(u)a
25 assai ; disse lo sorco : "Or vedi come noi stiamo bene, &
26 come avemo assai da bere, che m'è rechato ciò che mmi fa
27 mestiere." Disse la rana : "Altrimenti ti farò ghodere
28 io che q(u)ivi, dov'io stoe, ae la più fresca acq(u)a del
29 mondo. Or n'andiamo, c'assai siamo stati q(u)i." Disse
30 lo sorco : "Io non vi voglio venire, che chi bene sta, non
31 si muova." Disse la rana : "Certo si verrai che troppo
32 l'avrei p(er) male, se ttue no(n) vedessi la mia contrada."
33 Lo sorco, vedendo la sua voluntade, si misse in via collei
34 e andorono. (E) andando loro, si trovarono *uno* molto
35 bello prato, ma era molto pieno di rugiada ; disse lo sorco:
36 "Troppo m'inmollo, non vi posso passare." Disse la rana :
37 "Anamo, ne saremo fuori." Tanto andarono che l'ebbe
38 tratto fuori del prato e condotto ad uno fiume ; disse la
39 rana : "Or mira, di làe ci conviene passare, e vedrai belle
40 cose, ch'io ti mostrerròe." Disse lo sorco : "O come
41 passerò io che non so natare?" Disse la rana : "None

Marie Q : 19-20–Bele amie, car i alons; 20–(r)uissel; 20-21–Iluec est la
  moie maisons; 21-22–Tant i avrois joie et deduit; 33–ensamble en . II.
  35–fu ; la ; 36–Ariere voloit retorner, Car ne povoit avant aler ; 38–la
  riviere ; 40–la ; 40-41–Ci ne puis-ge onques passer ; 41–nouer (*probably
  for* nager) ; fait.

XII. RAT, FROG AND KITE.

42 avere paura, che io ti darò uno filo che ttue ti legherai
43 alla coda e io al piede, e monterami adosso, e passeremo
44 oltre." Tanto stettoro in q(u)este parole che il die ne
45 venne. Or si missero a passare, la rana col sorco adosso;
46 q(u)ando furono nel pelago, lla rana malitiosamente si
47 scontra p(er) fare anegare lo sorco. (E) intanto volava
48 uno nibbio sopra lo fiume, allora vide costoro passare,
49 chiudesi, e piglia la rana p(er) grande volontade, p(er)ch'e-
50 ra maggiore, e portala via. Lo filo, che tenea lo sorco
51 p(er) la coda, sissi sciolse e llo sorco cadde giuso del-
52 l'acq(u)a e scanpò, che non ebbe male nullo ; e lla rana fue
53 divorata dal nibbio incontanente. / fol. 34b /

Chiosa del detto Dodecimo Capitolo.

54   Per q(u)esto exenplo potemo vedere delli malvagi huo-
55 meni viciati e felloni, che no(n) averanno sìe buono amico
56 nè co(n)pagnio, che tanto li faccia s(er)vigio nè onore
57 s'egli vede che del suo vi spenda, che fortemente non se ne
58 adiri, e vienne invidia, ed è volonteroso ch'elli morisse,
59 p(er)chè del suo alcuna cosa gli rimanesse, & brighasi
60 contamente di farlo morire, ma molte volte ne muore
61 prima elli.

Manuscript: 46-ella *for* lla ; 55-viciatiati ; 58-volonterose.

Marie Q: 42-43-S'el lie fort a ton jaret ; 43-au mien ; 44-la rivere ;
46-el gue se metent ; 46-47-coumence a plongier ; 47-la ; 47-48-escou-
fles i vint volant ; 48-la souriz ; 49-les eles ; prent; 50-grans ; la ; 52-a ;
53-escoufles par couvoitise ; 56-facent bien ; 59-61-Mes il avient asez
souvent, Que eus meismes le torment, Que aus autres cuident
p(or)chacier.

Marie Q untranslated :   *Lines 1, 3, 5, 13-14, 19-20, 23-24, 26, 28, 30, 33,
34, 38, 42-46, 49-50, 65-66, 72, 77, 86-88, 92.*

XIII. WOLF AND CRANE.

Capitolo XIII : D'uno Lupo *che* li s'atraversò uno Osso in
Boccia. . XIII .

    Dicie che'l lupo, mangiando carne d'una bestia, gli
2 venne a mano uno osso; tanto lo spilucchòe che q(u)esto
3 osso gli si atraversòe in ghola, sicchè avea sì grande
4 dolore che no(n) sapea che sse ne fare; mossesi p(er)
5 trovare uno buono medico. Andòssene alle bestie, ciò fue
6 alla volpe, che ne'l consigliasse ; la volpe disse ch'ella non
7 se ne intendea, *e* disse ch'ell*a* nollo ne sapea medicare, ma
8 disse : " Vattene all'asino, che tte ne ghuarràe, io credo."
9 E llo lupo n'andòe all'asino & dissegli lo somigliante, e
10 l'asino disse : "Frate, io no(n) sono q(u)elli ch'io sappia
11 tanto di medicheria ch'io mi volessi mettere, nè tra lla mi*a*
12 giente non a medico p(er) te ; ma io o inteso che intra lli
13 uccielli ae di veraci medici, vattene a lloro, credo che tti
14 guariranno." E llo lupo andava pure a boccia aperta ;
15 andòssene alli uccielli e chiamò loro.merce, che'l dovessoro
16 insengniare q(u)al fosse intra lloro buono medico, lo
17 q(u)al*e* gli cavassi un osso che gli era intraversato in
18 ghola. Sìe che cciascuno dicea che non se ne intendea,
19 tanto che ll'uno disse : "Io t'insengnierò verace medico,
20 e q(u)ale ci è ; disse q(u)elli : "Vattene alla grue,

Manuscript: 7–ma ; chelli ; 11–mici ; 16-17–li q(u)ali.
Marie Q: 2–rungia ; 2-3–qu'el col li avala ; 3-4–mout durement en fu
   grevez ; 5–fait a tous demander ; 16–Se nus ne set medeciner ;
   18–dit ; son avis. "Fors la grue," ce dient bien, "N'i'a nul qui
   en sache rien."

XIII. WOLF AND CRANE.

21 q(u)ella te ne ghueriràe." Lo lupo vassene alla grua e con
22 grande agiechamento la salutò, e disse : "Io ti priegho
23 p(er) Dio che ttu m'aiuti d'un osso, che m'è atraversato in
24 ghola, e io te ne pagherò a tutta la tua volontade." La
25 grua disse : " Bene te n'aiutoròe." Lo lupo disse :
26 " P(er) Dio, non ti indugiare, che troppo mi fa grande
27 noia, & io te ne renderòe grande merito q(u)ando tue me
28 ne averai ghuarito." La grue disse al lupo : " Ora poggia
29 bene li tuoi piedi in terra e apri la ghola ;" & lo lupo così
30 fece. La grua cacciòlli lo capo in ghola e piglia q(u)esto
31 osso col beccho e tiralne fuori ; & q(u)ando lo n'ebbe tirato
32 fuori, disse al lupo : " Frate, io t'o guarito, or mi rendi
33 merito del s(er)vigio ch'io t'oe fatto." Disse lo lupo :
34 " Chè merito vuolli tue ch'io ti renda, or non se ttue bene
35 meritata da me, che sappiendo che ttue mi mettesti lo capo
36 in ghola, non ti morsi ?" Allora la grua li disse : " Vatti
37 via, malvagio, e piùe no(n) / fol. 35a / mi ti ascostare
38 apresso ;" e partironsi.

Chiosa del detto Tredecimo Capitolo.

39   Per q(u)esto exenplo dovemo intendere del grande che
40 llo piccolo nolli può far tanto onore, nè tanto s(er)virllo
41 ch'elli l'abbia a capitale niente ; anzi, s'el povero si lamenta
42 di lui, si'l minaccia e dicieli villania, & talora si gliene
43 fae che peggio.

Manuscript : 36–e *before* non.

Marie Q : 21–Bien vos en povroit traire los ; 23–vousist aidier ; 24–Li
 leus l'em pramiat ; 30–lance bec avant ; atrait ; 32-33–requit Q(ue) sa
 promesse li rendit ; 34-35–Bon loier en a eu ; 35–mist ; teste ; 36–Qu'il
 ne l'estrangla ; 39–dou seignor ; 40–li fait amor ; 42-43–Ja n'en avra
 se malgre non.

Marie Q untranslated : Lines 3, 13, 22-23, 27-32, 35, 37-38.

XIV. CROW AND FOX.

Capitolo XIIII°: D'uno Corbo c'avea i'boccha uno Pezo di
Cascio. .XIIII.

Uno corbo, volando lungo una finestre, vide uno cascio,
2 preselo, e portavasenelo in beccho. Istando in sun un
3 albero co(n) q(u)esto cascio, e pensava di mangiarlo, e
4 una volpe vi s'abattiò illui; cominciòllo a guardare co-
5 m'ella potesse toglierle q(u)ello cascio, & disse : " Ai Dio,
6 che bello ucciello è q(u)ello, & come ae bellissime penne!
7 No(n) vidi mai ucciello c'avesse così bella persona, nè ssi
8 allegra; Dio lo guardi di male! Bene mi pare lo più bello
9 ch'io mai vedessi, e sse lli è ssì bello lo cantare com'elli ae
10 l'altra persona, bene dovrebbe essere signiore di tutti gli
11 uccelli del mondo." Lo corbo, udendosi così lodare, tutto
12 ne cominciò a'nspaldire, & disse fra sse medesimo:
13 "Dacchè q(u)esta mi loda, dunq(u)e bene sono io q(u)ello
14 ch'ella dicie?" E tutto si righuardò in se medesimo,
15 " Già p(er) cantare non sarò io rustico, ch'io so bene ch'io
16 molto bello canto." (E) allora si rallegra molto & in-
17 cominciò a cantare molto ad alto, per essere lodato dalla
18 volpe: e q(u)ando aperse lo becchio a dire Cro, e llo for-
19 maggio li cadde di bocca, e lla volpe, siccome malitiosa,
20 istava in attento che'l cascio gli cadesse, ricolselo e por-
21 tòlsene via & no(n) curòe piùe del suo cantare; lo corbo,
22 cattivelo cruccioso, rimase sanz'esso.

Marie Q.: 1–lo voloit; p(ar) devant; a veu; Fromages; 2 -a pris; s'en
reva; 4–vint, si l'encontra; 4-5-?(ar) enging voudra essaier, Coument
le pourra engingnier; 6–gentis; 7–Ainz; si bel; 9-10–est si cors
11–oi; 12–p(or)pensa; 19–eschapa; li; 20–l'ala saisir; 21–n'ot il cure

XIV. CROW AND FOX.

Chiosa del detto XIIII Capitolo.

23 Per q(u)esto exenplo potemo vedere dello riccho huomo
24 orghoglioso, che vuole essere lodato, e p(er) lusinghe e
25 p(er) vanagloria e p(er) mentire, li puote l'uomo togliere
26 lo suo, ch'ae guadangniato; e p(er) q(u)este cotali
27 lusinghe, spendono lo loro follemente sanza nessuno grado.

Marie Q: 23–est ; 24–Qui de g(r)ant pris est desirous ; 25-26–l'en bien
en gre servir.
Marie Q untranslated: Lines 1, 3, 9-10, 18, 21, 26, 29.

XV. ASS AND LAP-DOG.

Capitolo XV :   D'uno Riccho Huomo e d'uno suo Catellino.
.XV.

Dice che uno riccho huomo aveva uno suo giardino &
2 aveva uno suo molto bello catellino, sìe che spesse volte
3 andava q(u)esto singniore nel giardino co(n) q(u)esto suo
4 catellino ; lo singniore si rivesciava nel pratello e llo catel-
5 lino li salia adosso e in sul petto, e'l singniore si giucava
6 collui, e llo catellino si llo morsecchiava ; e giu- / *fol. 35b* /
7 cavansi così insieme all'onbra delli alberi in q(u)ello giar-
8 dino.   Si avea uno prato là, ove pasceva uno asino di
9 q(u)esto singniore ; q(u)ando l'asino levòe lo capo e egli
10 vide q(u)esto catellino cosìe giucare col singniore, ebene
11 grande invidia e ira, cominciò fortemente a sospirare e a
12 pensare, e disse infra sse medesimo :   " Oi lasso me sven-
13 turato !   Che ria ventura mi fue data in q(u)esto mondo,
14 pensando me che il mio singniore a di me cotanto
15 s(er)vigio, ch'io si gli reco le some delle suoi bisongni e
16 della sua famiglia, e unq(u)e no(n) fece di me q(u)ella
17 careza, nè non mi mostrò q(u)ello amore ch'elli fa a
18 q(u)ello catello, che di lui non a prode nullo, altro che
19 maggiare, no(n) fae bene ; mi dovrei lasciare morire d'ira,
20 pensando ch'io mi dico veritade."   Q(u)ando venne un
21 altro giorno, e llo singniore si tornòe con q(u)esto suo
22 catello a ssollazarsi nel pratello, e stando cosìe, e ll'asino

---

Manuscript :   14–chie *for* che.
Marie Q :   1–trovons escrit ; 2–Soventes fois ; 5–joua ; 6–o ; 10–esguarda ;
   21–saloit ; 22–jouant.

XV. ASS AND LAP-DOG.

23 vide loro fare la somigliante, disse l'asino : "O Di, c'oe
24 voglia d'andare a giuchare io così collui, come fa q(u)ello
25 catellino! Ben credo ch'elli ne sarà lieto, & a me dice
26 bene lo cuore, ch'io saprò fare q(u)elli cotali giuocherelli
27 come fae q(u)ello catello, & ancora gli credo fare viepiù
28 belli, e montali adosso come fa elli. Lasciami andare, si
29 mmi vorrà altretanto bene come a llui!" (E) in q(u)esto
30 pensiero si mosse, a coda levata e ringhiando, e viene
31 adosso al singniore. Lo singniore, q(u)ando lo vide
32 venire, dubitò, vollesi rizzare, e ll'asino dalli di petto e
33 misselo in terra, e lo singniore rizzasi, e ll'asino, credendo
34 che q(u)elli giochetti gli piacessono, come q(u)elli del
35 catello, e p(er) venire in sua gratia anch'egli, volle mon-
36 tare adosso, e llo singniore pure sospingniendole da sse ;
37 e q(u)ando lo singniore vide che nolli valeva, cominciò a
38 gridare ; li fanti traggono co(n) grossi bastoni, & tanto
39 li dierono che lasciarono q(u)asi Ser Asino come p(er)
40 morto in terra.

Chiosa del detto XV Capitolo.

41   Per q(u)esto exenplo potemo vedere che sse uno signiore
42 si coglie in amore in alcuno di sua giente p(er) bontadi

Manuscript : 38–tante.
Marie Q : 23-24–Por fol se tient que a lui ne vait ; 24-25–li chiens ; 25-26–
s'est p(or)pensez. 26-28–Mielz savroit il a son seignor Jouer, que
li chienez petis ; 30–prist a venir ; a recaner ; 30-31–sor lui saillit ; 33–
l'abatit ; a ; 37-38–eust crie ; 38–homme saillent ; baston ; 39-40–l'asne
ont tant batu, Qu'ilz l'ont laisse tout estendu ; 41–fable ; savoir
povez.

118

XV. ASS AND LAP-DOG.

43 che cllui siano, che ve n'ae di q(u)elli che ssono astiosi
44 e dolenti, e ttalora se ne muoio*no* a ffare cose che non si
45 apartengono di fare allui, p(er) piacere e venire altressìe
46 in gratia del signiore come q(u)elli, e p(r)chè a llui non
47 si conviene di fare ciò, lo singniore non gliene fae grado,
48 anzi gli fa onta e disinore, sicome a lor pari si conviene;
49 & molte volte sono bastonati, sicome fue l'asino.

Marie Q :   48–En sor que tout a lor parage ; 49–a maint en est si avenu.
Marie Q untranslated :   *Lines 5-11, 14, 17, 19, 30, 32, 35-37, 43-46.*

XVI. LION AND MOUSE.

/ fol. 36a /

Capitolo XVI: D'uno Leone che perdona a uno Topo la
Morte, e poi il Topo scanpa lo Leone della Morte. .XVI.

   Dice che uno leone si dormia in una selva & alq(u)anti
2 sorchi siss'andavano sollazando intorno a llui. Uno di
3 q(u)esti sorchi no(n) se ne avide, andòlli sue p(er) lo dosso ;
4 lo leone fue svegliato con grande vra e molto era cruccioso,
5 prese q(u)esto sorco & tenealo tralle sue bra:iche e volea/o
6 uccidere ; lo sorco disse : "Mess(er)e, io vi chiamo mer-
7 cede p(er) Dio e p(er) vostro onore, che voi no(n) mi
8 dobbiate torre la persona, con ciò sia cosa ch'io lo feci
9 iniscentemente, & ancora voi siete lo maggiore re che ssia ;
10 se voi uccidesse sì piccola cosa com'io sono, a voi no(n)
11 crescerebbe onore, & se voi mi lasciate andare, io cono-
12 scierò la vita p(er) voi, e senpre mai sarò sollecito alli
13 vostri bisogni." Lo leone si mosse a pietà e lasciòllo
14 andare via. E ivi a poco tenpo, lo leone, cacciando uno
15 cierbio, fue preso a uno laccio d'una tagliuola che uno
16 villano avea fatta tendere delle bestie salvatiche ; lo leone,
17 sentendosi preso, scotevasi, e co(n) più si scotea, p(er) lo
18 nodo del laccio più si stringniea. Lo leone, del duolo
19 ch'elli sentia, incominciò fortemente a mughiare ; lo sorco,
20 chui lo leone perdonò, era presso in q(u)elle parti, udio lo

---

Manuscript: 5-voleano.

Marie Q: 1-un boscage : 2-vont deduiant ; une ; 3-garda ; courut ;
   Sor le lion ; 4-l'esveilla ; tant fu iriez ; est ; 5-la ; 6-faire justise ; el
   s'escondit ; 8-9-A escient ne l'avoit fait ; 10-il ocioit ; 11-avroit ; 14-
   Gaires de ; 15-Une fosse ; 16-hom ; ap(ar)eilla ; 18-peor ; 19-brait
   et crie ; la.

XVI. LION AND MOUSE.

21 leone mugliiare, trasse al grido, e disse : "Chi è q(u)elli
22 che grida ?" Disse lo leone : "Or no(n) vedi che ssono
23 io, che ssono preso in q(u)esto laccio, & ssoe che lli villani
24 m'uccideranno q(u)ando sarà apparito lo giorno ?" Disse
25 lo sorco : "Or none avere niuna paura, che io ti renderòe
26 buono merito di q(u)ello che ttue mi facesti, che io ti
27 chiesi perdono della noia che io ti feci, e tue mi perdonasti
28 e canpastimi la persona." Allora lo sorcho li montò in
29 sul collo e rose tutte le corde del laccio, e llo leone scote lo
30 collo e scanpòe della morte de villani.

Chiosa di q(u)esto XVI Capitolo.

31 Per q(u)esto exenplo potemo vedere che q(u)ando lo
32 possente huomo ricieve alcuno di s(er)vigio dal piccolo
33 p(er) disavedutamente, ch'elli dee perdonare, acciochè
34 nogli è onore del male ch'egli fae, & anche nol dee avere
35 a vile, che in luogo e in parte puote talora essere che'l
36 canpa p(er) suo senno e p(er) ingiengnio d'un grande peri-
37 colo della morte, e ttale ora nol si pensa p(er) nessuna
38 maniera.

Manuscript : 26-ma.
Marie Q : 21-vint a lui ; Demanda ; 22-il respont ; 23-il ert ; 24-ocis
sera ; 25-la ; n'aies ; vos ; 26-le guerredon ; 27-Q(u)ant o mes pies vos
oi marchie ; 27-la ; 29-trenchier ; 30-eschapes ; 31-fable ; nos assoume ;
32-riche ; 32-33-Sil lor mesfont p(ar) no(n) saveir ; 33-Qu'il en aient
bone merci ; 35-37-Q(ue) cil li puet avoir mestier A som besoig s'il est
sorpris.
Marie Q untranslated : Lines 23-24, 32-37, 39-40, 43, 47, 50, 52, 54.

XVII. SWALLOW AND BIRDS.

Capitolo XVII :   D'uno Consiglio che lla Rondine da agli
·altri Uccielli.   . XVII .   / *fol.36b* /

   Dice che una stagione s'asenbrarono gli uccelli p(er)
2 consigliarsi insieme com'egli potessoro meglio vivere sanza
3 briga.   La rondine parlò in prima & disse :   "Singniori,
4 a me pare ch'eglino ci facciano grandissimo danno, e molto
5 sono gli uccelli a mal passo p(er) alcuno, p(er)och'eglino
6 ci faccino i lacci e lle reti, onde spesse volte noi siamo
7 presi e morti, e molti ingiengni che se ne fanno ; onde a
8 me pare come lo lino sia tutto spento, sicchè mai non ci
9 possa *fare* danno.   A q(u)este parole gli altri ucciclli
10 no(n) vi si volevano acordare, anzi se n'andarono al sin-
11 gniore & acusaro la rondine, com'ella avea dato p(er) con-
12 siglio che'l lino si ghuastasse, sappiendo ch'ella avea fatto
13 contra tutta la loro giente, acciochè lli uccielli ne viveano.
14 Q(u)ando la rondine seppe che l'aveano accusata, inman-
15 tanente se n'andò a uno villano e ssi fece patto collui, che
16 mai nolli farebbe danno della sua biada, e lo villano disse :

Marie Q :   1–fist assembler ; 1-2–en counseil donner ; 4-5—Bien s'aper-
cut que p(ar) le lin, Seroient oisel mis a fin ; 5-6—puet on la rois
lacier ; 6-7–l'en les puet m(o)lt damagier ; 8-9–Qu'il alassent le lin
mengier, Qu'il ne peust fruitifier ; 9–li plusor ; *10–nel ; faire ; alerent;
*11–retraire le cunseil que lur ot dune ; *14–ot esculte.

---

*The numbers starred (*) show correspondence with the text of Marie's
fable given by Warnke* (Fabeln, p. 62), *the MS. of* Marie Q *being torn at
these points.*

XVII. SWALLOW AND BIRDS.

17 " Io ti doe parola che senpre mai tu stia nel mio albergo
18 sanza nessuno dubbio." E q(u)ella cosìe fece, & piglìossi
19 la tenuta della casa, che mai nolla perderà. E llo villano
20 fece poi molti ingiengni del lino, laonde li uccelli sono
21 presi & morti, e saranno senpre mai, p(er)ochè no(n)
22 volloro credere al buono consiglio della rondine.

Chiosa del detto XVII Capitolo.

23 Per q(u)esto exenpro potemo vedere delli huomeni folli,
24 li q(u)ali no(n) vogliono credere al buono consiglio ch'è
25 dato loro, anzi s'aprendono pure al peggio p(er) loro,
26 laonde le più volte ne capitano male, & d'avere e di per-
27 sone, & poi lo pentere no(n) vale loro niente, e llo savio
28 capita bene ed è sicuro.

Marie Q: 17-souffri son ni; 18-em pes; 20-fist; 21-prist; 21-22-eusent
   creu; 23-parole; 23-24-fol ne veut; 27-Dont est trop tart au repentir.
Marie Q untranslated: _Lines 1-3, 17-18, 20, 22, 33._

XVIII. ANTS AND CRICKET.

Capitolo XVIII: Della Cicala, c'a cantato la State, e'l Verno va al Formicaio p(er) avere Esca da mangiare, e lle Formiche la comiatono. . XVIII .

1 Dice che una cicala canta tutta la state ; q(u)ando venne
2 al verno, la neve e llo freddo si lla colse, e lla fame,
3 andòssene a uno formichaio e chiese loro albergo, e disse :
4 "Io muoio di freddo e di fame, priegovi che voi non mi
5 abandoniate." Rispuosero le formiche e dissero : "Or
6 che ai tu fatto in q(u)esta state ?" Disse la cicala : "Io
7 oe tutta state cantato e sollazato altrui, & non truovo ora
8 chi me ne renda guiderdone." Dissero le formiche : "Chi
9 tti preghava che ttue cantassi ?" Disse la cicala : "No(n)
10 persona." Dissero le formiche : "Dunq(u)e cantavi p(er)
11 piacere a tte stesso, dunq(u)e lo tuo cantare t'è tornato in
12 pianto, me sarebbe che ttue avessi procacciato nel mese
13 d'aghosto, che ttu avessi che maggiare, & no(n) avessi
14 /fol. 37a / cantato, aghuale non anderesti morendo di
15 fame, siccome tue vai, come procacciamo noi, dunq(u)e
16 p(er)chè ti daremo noi da mangiare, che none puoi aiutare
17 di nulla ?" (E) cosìe la comiatarono & mandarla via,
18 p(er)ch'ella morisse di fame.

Manuscript: 12–del.
Marie Q: 1–un gresillon ; El tens d' ; 3 estoit ales ; une ; viande ; * 5
Dist li furmis ; dunc ; *6–aust ; 6–fait-il ; 6-7–chantai & deduis ; 7–
truis ; 8–veille guerredonner ; 10–dist li formis : " Or chant ; 12–fust ;
p(or)chaces ; ou ; 12-13–chantases ; 15–froit ; 16–dourai.

---

* *Starred forms are taken from Warnke's text* (Fabeln, p. 132), Marie
Q *being torn at these points.*

XVIII. ANTS AND CRICKET.

Chiosa del detto XVIII Capitolo.

19 Per q(u)esto essenpro potemo intendere che nullo no(n)
20 dee ess(er)e pigro nè negligiente a procacciare lealmente
21 la ond'elli viva, sicchè nogli sia mestiero d'andare cheg-
22 giendo l'altrui, & no(n) istia in cantare nè in altre buffe,
23 p(er)ochè sse lli viene in povertà, no(n) trova nessuno
24 che del suo gli voglia dare, anzi lo scacciano, e fanno
25 beffe di lui, q(u)ando sanno la vita ch'elli a menato.

Manuscript: 22 che *after* trova.
Marie Q : 19-20 ne vive En non chaloir ni en oidive.
Marie Q untranslated : *Lines 4, 6-7, 12, 14, 18, 23-24.*

XIX. CROW AND SHEEP.

Capitolo XVIIII :   D'una Cornacchia che stava adosso a una
Pecora.   .XVIIII.

1   Una volta stava la cornachia sopra una pecora, & col
2   beccho le pelava la lana d'adosso ; disse la pecora :
3   P(er)chè cavalchi tu sopra me ?   Or te ne lieva e sali
4   adosso anzi a q(u)ello cane, che colà è, che ttue vedi, &
5   fae quello a llui che ttue fai a mee, e ffarai bene, che ttue
6   no(n) dei stare pure in uno luogho ferma." Disse la cor-
7   nacchia :   " No(n) mi insengniare, che ggià fae buono
8   tenpo ch'io fui viziata, ben so io là ove debbo sedere e
9   stare sicura.

Chiosa del detto XVIIII Capitolo.

10   Per q(u)esto esenpro potemo vedere che ll'uomo senplice
11   no(n) dee insengniare al vitiato q(u)and'elli lo conosce,
12   p(er)òe ch'elli infra sse medesimo ne fa beffe, & no(n)
13   lascia p(er)òe li suoi vitii, anzi lo riproccia & diceline
14   assai volte parole, onde elli n'ae onta.

Manuscript :   13-anzi *repeated after* anzi.
Marie Q :   1-Jadis avint ; s'asist ; une ; veille ; del ; 2-oste ; sa : a dit ;
   berbis ; 3-remuef ; Sie ; 5-co(m)me ; 8-sui ; sor cui ; 9-remanoir ; 10-vos
   moustre.
Marie Q untranslated: Lines 18-22.

XX. MAN AND STAGS.

Capitolo XX : D'uno Riccho Huomo che, cavalcando p(er) una Foresta, trova moltitudine di Cierbi, & da lloro vuole sapere p(er)chè si consigliano. . XX .

1 Uno riccho huomo cavalcava una fiata p(er) una con-
2 trada che vi avea molti ciervi, sìe che vide due cervi che ssi
3 consigliavano molto strettamente, & facieno senbianti
4 ch'elli fossono veduti da molta giente; lo riccho huomo se
5 n'andòe inmantanente a lloro e domandògli p(er)chè ca-
6 gione si consigliavano sì privatamente, doe non era alcuna
7 giente che lli potesse vedere. Disse l'uno dei ciervi:
8 " Noi no(n) ci consigliamo p(er) paura che noi avessimo
9 per altro mestiere che noi nascesse, ma facianollo p(er)
10 nostro sollazo & non p(er) altro intendimento.

Chiosa del detto XX Capitolo. / fol. 37b /

11 Per q(u)esto assenpro dovemo intendere delli huomeni
12 che no(n) sono saccenti, che fanno senbianti di q(u)elle
13 cose che no(n) fanno, & mettono altrui in sospetto di cose
14 ond'ellino no(n) anno nè colpa nè pensamento, laonde
15 molti mali sono già stati tralli huomeni p(er) sospetto
16 d'altrui.

Manuscript: 9–facianallo.
Marie Q: 1–ja; p(ar)mi .i. champ; 2–si esgarda; 4–entre g(r)ant;
5–hativement; V(er)s eus; quel mestier; vuoloient co(n)seillier;
6-7–Car nul home p(re)s d'eus n'avoit; 7–respondi; 8–Qu'il n'avoient nule peor; 9-10–Ainz lor sembloit vesieure, Qu'il p(ar)loient en tel
mesure; 14–Qui ne lor puet avoir mestier.

XXI. CUCKOO.

Capitolo XXI: D'uno Consiglio *che* feciono gli ucelli p(er) eleggiere tra lloro singniore, che tenesse ragione & giustitia. . XXI.

1 Dice che lli uccielli si raunarono e fecioro parlamento
2 p(er) chiamare uno signiore, che lli tenesse ragione e
3 giustitia; ciascuno dubitava di no(n) fare letione p(er)chè
4 no(n) fosse dagli altri ripreso, sicchè disse uno delli
5 uccielli : " Ciò che io vi diròe, io nollo affermo, ma dicolo
6 in consigliando accioch'io soe fermamente che cciascuno
7 l'a udito ricordare, & da tali, che ccioè che ssoe che ll'an-
8 no veduto, e p(er)ò dico a voi che vi parebbe di colui che
9 tutto die dice chu chu? Ben pare, al volgare ch'egli ae,
10 che elli dovessi essere singniore d'uno grande inp(er)io, e
11 molto lo puote l'uomo di lungi udire tutto lo bosco, là
12 ov'elli dimora, fa romore colla sua boce ; e p(er)ò se l'aeie
13 sìe nell'op(er)a sua come nel canto, bene è dengnio di
14 grande singnioria." Disse un altro ucello : "Singniori,
15 a noi fa hora mestiere grandissimo senno, se noi chiamiamo
16 ora costui, & q(u)esti non fosse cotale come noi crediamo,
17 noi ne potremo avere grande dannaggio, poi lo pentere non

Manuscript : 2–in *after* e ; 13–noll'op(er)a.
Marie Q : 1–assemblerent ; 2–deussent avoir roi ; 2-3–gouvernast en droite foi ; 3–douta ; a ; 9–tens disoit ; qui si chantoit ; 11–on ; 12–fist retentir ; fust ; 13–ses ; ses chans ; 13-14–A segnor le voudront avoir.

XXI. CUCKOO.

18 ci varrebbc nulla, ma facciamo nostri ambasciadori, i
19 q(u)ali siano savi, e vadano e ponghano mente *al*le con-
20 ditione sue & come egli si contiene, & al suo parlare potran
21 molto conoscere s'egli è singniore p(er) noi." Onde fer-
22 maronsi di mandarvi lo Re mis*chi*no p(er)och'è molto savio.
23 Lo Re v'andòe, e q(u)ando giunse a llui, all'albero ov'era,
24 si'l salutò da parte di tutti gli uccelli col lieta cera ; lo
25 cuculio no(n) fecie senbianti che ambascia gli fosse giunta
26 nulla, anzi pur dicea chu chu, sicome era usato, e non si
27 rimosse altrimenti. Lo Re mischino, anche p(er) provarlo,
28 anche gli s'apressò allato, e dissegli lo simigliante, e lo
29 cuculo anche nolli disse nulla, se no(n) che pur dicea cucu ;
30 e llo Re mischino, q(u)ando vide cosìe, disse : "Bisongnio
31 è ch'io trag*ho* di lui ciò ch'io potrò p(er)ch'elli mi parli."
32 Saligli adosso, e llo cuculo non disse altro che cucu. E
33 llo Re mischino, vedendo q(u)esto, inmantanente si tornò
34 adietro & raunò tutti gli uccelli & disse ciò ch'elli avea
35 trovato nello cuculo, & cche nollo dovessono chiamare Re,
36 p(er)ochè non era p(er) loro, che illui non era nessuna

Manuscript : 22-miselano ; 31-traghi.

Marie Q : 19-20-Mes p(r)imes voudroient savoir Son estre & son con-
tement ; 21-22-Ont deci que a lui envoiee ; 22-La ; 23-La mesenge
vola ; 28-s'est pres de lui asise ; 28-29-Car il fesoit [mau]vese chere ;
30-31-Son courage velt esprouver ; 32-s'est desor son dos asise ;
mot ; 33-la ; s'en vait ; 35-Ja de lui ne feront seignor ; 36-37-Le cucu
laidist et blastenge.

XXI. CUCKOO.

37 bontade altro che gridare, che "q(u)ando io li feci sì
38 grande villania ch'io li saliò adosso, & no(n) mi / *fol. 38a* /
39 disse nulla, che ssono con sìe poca persona, come si de-
40 fenderebbe da un altro che fosse maggiore & più potente?
41 Et se voi volesse dire e lo fece p(er) senno, dicovi che non
42 è niente, p(er)ciòe ch'io lo provai in molti modi, e nullo
43 senno nolli udìo dire, & p(er)ò no(n) vi consiglio che a
44 nessuno modo voi p(er) singniore nollo pigliate." Gli
45 uccelli, udendo q(u)esto, dissero : "Chiamiamo p(er)
46 nostro singniore l'aghuglia, che è franco ucciello e faràcci
47 giustitia & ragione, & anche è fortissimo ucciello, che
48 ciascuno avrà p(er) la sua forteza paura di lui, & stae due
49 dì d'una satolla." (E) così lo chiamarono e incoronarollo.

Chioso del detto XXI Capitolo.

50   Per q(u)esto exenpro potemo vedere che l'uomo no(n)
51 dee fare nè chiamare singniore di se alcuno malvagio
52 huomo gridatore, che non a altro che parole e minaccie, &
53 non a nè senno nè prodeza, anzi dei chiamare huomo che
54 ssia provato in valore e in senno, acciochè lla tua giente
55 vada bene.

Manuscript : 47-in *before* giustitia *and before* ragione.
Marie Q : 37-38-la honte, que li fist grant ; 38-39-Quant il a lui ne s'osa
    prendre, Quele est de touz oisia le mendre ; 40-S'uns grans oisiax le
    mefesoit ; 45-46-Que de l'aigle feront le(u)r Roi ; 48-49-Se une fois est
    saoules, Bien repuet jeuner apres. 49-Ainsint l'ont fait ; 50-moustre
    ci ; en ; 52-jangleor ; Ou il n'a se p(ar)ole non ; 53-54-Qui molt fait
    poi a redouter.
*Marie Q untranslated: Lines 7-9, 13-14, 18, 24-25, 27, 32-33, 37, 40, 48,
    51-56, 58-61, 64-66, 73-74.*

XXII. MAN AND TREES.

Capitolo XXII : D'uno Fabro c'avea fatto una Scura, mancandoli il Manico, andò nel Bosco e domandava gli Alberi di che Lengniame il potesse fare, e p(er) loro gli fu detto. . XXII .

1   Uno fabro fece una sua scure bella e tagliente, ma nolla
2 potea aoperare, p(er)ochè none avea manico di lengnio, sìe
3 che se n'andò nel bosco e venia domandando tutti gli
4 lengni, ch'elli trovava, com'elli potrebbe fare *che* q(u)ella
5 scure avesse manico, e di q(u)ale lengnio lo potesse fare.
6 Li lengni furono a consiglio e dissero: "L'uomo è ssì
7 ingiengnioso, che sse noi nogliele insengniamo, elli lo farà
8 di suo ingiengnio; insengniagliele, ma dicialli che toglia
9 del lengnio della spina nera, & che q(u)ello sia lo migliore
10 da q(u)ella op(er)a ; & a noi è meno danno di q(u)ello
11 lengnio che di nullo altro." Dissorogli ch'elli togliessi
12 della spina nera, p(er)och'era lo migliore lengniame che
13 fosse p(er) q(u)ella op(er)a. L'uomo, q(u)ando seppe che
14 gliele convenia fare di lengnio, andòssene infra'l bosco e
15 cominciò a tagliare la spina nera, vide che no(n) gli era

Manuscript : 5-la ; 11-dissoregli.
Marie Q : 1-un coingnie; bien forgie ; nule ; 2-s'em aidier; De ci qu'ele fust emmanchie; 3-p(or) demander ; A chaucun; 4-pot trouver ; 4-5-Don't il peust .i. manche prendre; 6-Quemunement; 11-praigne; 12-13-De lui puet om bien emmanch(ier); 14-15-A i l'espine detrenchiee.

XXII. MAN AND TREES.

16 buona e vide altri lengni che gli pareano migliori, e viene
17 tagliando, e dell'uno, e dell'altro, q(u)'al piùe gli piacieano.
18 Li lengni, q(u)ando vidoro q(u)esto, ebborne grande ira,
19 e chiamaronsene molto pentuti, e dissono intra lloro :
20 "Poco senno avemmo q(u)ando noi insengniammo / *fol.*
21 *38b* / al fabro fare lo manico, che malvagiamente ci vae
22 tagliando, e non ci vale oggimai lo pentere ; veggiamo
23 che'l senno di dietro non è buono.

Chiosa del detto XXII Capitolo.

24   Per q(u)esto exenpro dovemo intendere che ogni huomo
25 si dee guardare di no(n) insengniare altrui cosa che gli
26 possa esser danno, peròe che ssono giàe stati di q(u)elli
27 che an(n)o insengniato altrui cose ond'eglino *sono* arichiti,
28 e poi si anno fatto beffe di lui, e noll'ae a capitale nulla,
29 e p(er) q(u)ello insengniamento c'a ffatto, ne p(er)de lo
30 suo inviamento e llo suo guadagnio, che facea, e tal cosa
31 puote insengniare che torna poi tutto sopra lui ; p(er)ò
32 è meglio a stare ad insengniare le cose spirituali che lle
33 temporali.

Manuscript : 21-frabro.
Marie Q : 26-27-Quant ung preudom le met avant, & p(ar) lui est
  riche & manant. 28-A celui fait-il tout le pis.
Marie Q untranslated : Lines 6, 9, 11, 14-18, 20-21, 23-25, 30-32.

XXIII. SELFISH MAN'S PRAYER.

Capitolo XXIII : D'uno Villano c'andava alla Chiesa e sol
p(er) se e p(er) sua Famiglia preghava. . XXII.

1 Dice che uno villano andava molto spesso in una sua
2 chiesa ad rincorarsi, e facea cotali orationi & preghiera
3 a Dio, che dicea : "Ai signiore Idio, aiutami e consi-
4 gliame & la mia famiglia e lli miei fanciugli ; dell'altre
5 persone fae che tti piace !" Sìe che dicendo cosìe, uno
6 produomo passava lungha la porta della chiesa e udìe
7 costui così pregare, ebbene grande ira, e disse incontra a
8 llui : "Io priegho (Christ)o che sia in aiuto a ogni anima
9 (Christ)iaua, & che possano avere in q(u)esto mondo bene
10 e buona ventura, e nell'altro verace riposo nelle loro anime,
11 & tte stringha con ttuta la tua famiglia, e chosì possa
12 essere com'io o contato, Amen."

Chiosa di q(u)esto XXIII Capitolo.

13 Per q(u)esto exenpro dovemo intendere che ogni huomo
14 dee fare tale priegho a Dio che no(n) sia inocumento a
15 nessuno huomo, & in santo, e fuori di santo, anzi dei
16 preghare per ogni (Christ)iano comunemente, e ffare
17 giusto priegho che piaccia a Dio ; e Dio è ssì cortese che
18 ne ll'udirà del suo priegho e della sua oratione, che farà.

Manuscript : 5-e *before* uno.
Marie Q : 1-ala ; souventes fois ; au; 2-mostier ; p(or) proier ; 3-requist ;
que li aidast ; 3-4-conseillast ; 4-sa fame ; ses ; 4-5-& nului plus ; 6-
autres vilains ; 7-respont inelement ; 8-Dex ; 11-Dex te destruie
omnipotent, Ta fame & tes effans petis ; 13-voil retraire ; 15-la gent ;
17-soit aceptable.
Marie Q untranslated : Lines 5-6, 12.

XXIV. FROGS DESIRING KING.

Capitolo XXIIII : De Ranocchi che ssi raunarono insieme
p(er) eleggiere Singniore sopra di loro. . XXIIII .

1 I ranocchi si raunarono insieme a consiglio p(er) volere
2 uno signiore ; andaronsene al Destino, che dovesse dar loro
3 uno signiore lo q(u)ale fosse sofficente p(er) loro e che lli
4 mantenesse in istato. Lo Distinato si mandò loro una
5 colonna e fecela ficchare nell'acq(u)a, p(er)chè essa / *fol.*
6 *39a* / ci pacciassoro. Li ranocchi, q(u)ando vidoro q(u)esto
7 loro singniore, cominciarogli a ffare grande honore
8 all'entrare della sua signioria & furogli tutti intorno ;
9 lo singniore no(n) facea loro motto, anzi si stava sicom'elli
10 fue confitto ; li ranocchi, vedendo che no(n) facea loro
11 motto, tutti vi s'apiccarono e tanto lo crolarono in q(u)a
12 et illà, che llo ferono cadere nell'acq(u)a, e salironsi suso
13 e facelli molto disinore ; & poi se n'andarono al Des-
14 tinato & dissero : " Mess(er)e, voi ci avete dato uno
15 singniore che non ci parla, nè a male nè a bene, & non ci
16 punisce della offensione che noi gli facciamo ; datecene
17 uno che cci ghastighi delle follie e tenghaci in paura e in
18 ragione." Lo Destinato, vedendo la loro follia diede loro

Marie Q: 1–Ot g(r)ant co(n)paignies ; 2–crierent ; lor ; envoier ; 3–roi ;
4–La ; a envoie ; 4·5–.i. tronc ; 6–eles ; 7–portent ; 9–10–li trons ne se
remut ; 10–11–Eles virent qu'em pes estut ; 12–abatirent, Sor lui mon-
terent a .i. fes ; 13–firent ; Lor vilenie ; revont ; la ; 14·15–Mauves fu
cil que lor donna ; 16·17–roi demandent ; 18–La ; i envoia.

XXIV. FROGS DESIRING KING.

19 uno s(er)pente. Et q(u)ando lo s(er)pente fu tra lloro,
20 si gli cominciò tutti a mangiare, ora l'uno e ora l'altro, e
21 no(n) guardava nè ragione nè giustitia. Q(u)ando egli si
22 vidoro così mangiare, tornarono al Destinato e disserogli
23 ciò che'l s(er)pente facea loro ; lo Destinato disse loro :
24 "Io si v'avea dato q(u)ello signiore che vi sì facea & ch'era
25 buono p(er) voi, & voi nol conosceste ; e p(er)chè era
26 agievole, sì gli faceste onta e disinore, e io v'o dato
27 q(u)ello che vi ghastigherà della vostre follie, & mai altro
28 signiore no(n) dovete avere senone q(u)ello che voi avete
29 in vostra colpa, & che vi si confae.

Chiosa del detto XXIIII Capitola.

30   Per q(u)esto exenpro potemo vedere che sono molti che
31 anno lo buono signiore, che'l possono menare al loro senno
32 & è arendevole.............a lloro l'avere e la persona,
33 e non sene possono aiutare, allora pianghono lo signiore
34 agievole che soleano avere & congnioscollo meglio p(er) lo
35 rio che anno ; e p(er)òe chiunq(u)e ae lo buono singniore
36 agievole, si gli debbono fare onore e averne paura p(er)chè
37 il puote avere vie peggiore p(er) loro.

Manuscript : 27–ghastigherai ; 32–*omission not marked.*
Marie Q : 19–une couleuvre ; 20–deveure ; 22–la ; crierent ; 23–La ;
respondi ; 24-25–debonnaire ; 26–Vilainement le honnistes ; 27–tel
com vos queistes ; 31–bons seignors ; 34–bon.
Marie Q untranslated : Lines *1-2, 4-6, 8, 10-11, 15-21, 35, 38, 41, 45,*
47-51, 54.

XXV. DOVES AND KITE.

Capitolo XXV : Come li Colonbi andarono a chiedere a l'Aghuglia p(er) loro Signiore l'Astore ed ebbolo. . XXV.

1   Dice che lli colonbi sissi raghunarono insieme p(er)
2 volere uno singniore che lli tenesse in giustitia, & andaron-
3 sene a uno loro re, ciò era l'aguglia, e chiesorle q(u)esto
4 signiore che lli governasse. E ll'aghuglia disse loro :
5 "Avete voi pensato chui volete ?" Dissoro li colonbi :
6 " Mess(er)e, sìe, che noi avemo aletto l'astore, q(u)ando
7 piaccia a voi." / fol. 39b / Disse l'aghuglia : "Poichè
8 vi piace a voi, elli sia." (E) incontanente entrò l'astore
9 in signioria. Istando l'astore in sua signioria, tutti gli
10 colonbi che elli vedea buoni e grassi si pigliava e ssi gli
11 pizzicava, e ogni di sissene pasceva di q(u)al più gli piacea.
12 Li colonbi, vedendo q(u)esto, dissoro : "Lasso noi, che
13 mal senno avemo q(u)ando costui chiamanmo p(er) nostro
14 signiore ! Meglio ci sarebbe che noi non avessimo avuto
15 nullo singniore ; & q(u)esto ci solea fare danno celata-
16 mente e ora lo fae palesamente, p(er) la signioria che noi
17 gli avemo data.

Manuscript : 8–ella ; incontanentre.
Marie Q : 1-2–demanderent ; 6–a roi choiserent ung ; 9–q(u)ant il ot la ; 11–noceist ; devourast ; 12–uns des ; fait-il ; 12-13–G(r)ant folie feimes ; 13-14–l'ostor a roi preimes ; 14-15–nos venist que sanz seignor Fusiens ; 15–qu'il ainz fist ; 16–esp(er)tement ; 17–atrait.

XXV. DOVES AND KITE.

Chiosa del detto XXV Capitolo.

18 Per q(u)esto exenpro potemo vedere molti che aleghono
19 lo mal singniore e mettonsi in subbietione in fello huomo,
20 e di ciò fanno grande follia. Et si dei pensare in prima
21 ch'elli lo chiamino in chui si fidano, e di che conditione
22 lo singniore èe, e ssegli è huomo p(er) loro, p(er)ochè
23 all'uomo fermo lo pentere no(n) vale nulla se lli aventa
24 reo.

Manuscript: 18–p(er) *before* molti.
Marie Q: 18–plusors ; 18-19–choisisent les maus seignors ; 19–se met ; a.
Marie Q untranslated: Lines 3-4, 6-7, 10, 13, 16-17, 25.

XXVI. DOG AND THIEF.

Capitolo XXVI : D'uno Ladrone di Pecore, *che* portando
uno Pane p(er) inghann*are* il Cane del Pecoraio, nolli venne
fatto. .XXVI.

 1 Uno ladrone si misse p(er) inbolare delle pechore una
 2 stagione q(u)ando lo pechoraio dormia, e disse infra sse
 3 medesimo : " Dallo cane, come farò io ? Che ssoe che
 4 inmantanente mi correrà adosso, e llo pastore si potrebbe
 5 già svegliare, & io potrei ess(er)e a conditione *pericolosa.*"
 6 E così si pensòe di portare collui uno pane, e darlo al cane.
 7 (E) q(u)ando lo ladrone fue giunto alle pecore e vide
 8 venire lo cane inverso lui, e llo ladrone gli porse lo pane,
 9 disse lo cane : " P(er)chè mi vuolli tu dare cotesto pane,
10 già non ti feci io unq(u)e nullo s(er)vigio ? Anzi veggio
11 che sse io lo pigliasse, intanto ch'io lo mangiasse, tue
12 inboleresti delle pecore del mio signiore, chui io debbo
13 amare sicchome me medesimo, & io avrei stoppata la
14 boccha di q(u)esto pane, sicchè non potrei fare motto ;
15 p(er)ò no(n) puote essere." (E) allora incominciò lo cane
16 ad baiare, lo pastore si svegliò e corseli dietro, & lo
17 ladrone fue tale come preso, e malamente fue morso dal
18 cane.

Manuscript : 11-& *before* tue.
Marie Q : 1-ala ; berbis ; 2-vilain ; 6-porta ; o ; 8-vouloit baillier ;
    10-nel te puis guerredonner ; Je sai ; 12-berbis ; 13-veus estouper ;
    ma ; 14-puise souner ; 15-Dont.

138

XXVI. DOG AND THIEF.

Chiosa del detto XXVI Capitolo.

19 Per q(u)esto exenpro potemo vedere e intendere che
20 ogni huomo dovrebbe fare la somigliante, che sse alcuno
21 volesse dare alcuna cosa o moneta, p(er)ch'elli tradisse lo
22 suo singniore, o suo conpagnio o ssua cittade tradisse, nol
23 dei fare nè consentire ; anzi dei essere così diritto & cosìe
24 / fol. 40a / fedele, e guardallo, come fue lo cane del
25 pecoraio.

Manuscript : 22-o *after* cittade.
Marie Q: 19-vo(us) moutre ci ; 20-chascuns ; doit ; ai(n)si ; nus ; 21-velt ; loier ; doie trair.
Marie Q untranslated: Lines 10-13, 18-25, 30, 33.

XXVII. WOLF AND SOW.

Capitolo XXVII : D'uno Lupo che ssi scontrò in una Troya
prengnia. .XXVII.

1 Dice che andando uno lupo p(er) uno canmino sissi
2 scontrò in una troya prengnia ; q(u)ando la vide, si lle
3 disse che lle voleva dare pacie e ch'ella si sbrighasse tosto
4 di partorire, p(er)och'elli volea li suoi figliuoli. E lla
5 troya gli rispouse saviamente e disse : "Or chome potre'io
6 partorire q(u)ando voi mi fossi così presso ? Che giamai
7 no(n) mi potrei diliberare a ttale cosa *come* q(u)ell*a* del
8 partorire, che a Dio no(n) piacq(u)e che nullo maschio
9 vi stea ; e p(er)ò non ve ne paia male, prieghovi che mmi
10 dia tanto d'agio che io possa partorire, e poi voi siete
11 singniore di me e degli miei figliuoli." . . . . . .
. . . . (*lacuna*, sic) . . . .
12 "Or ti sbrigha." La troya, q(u)ando *lo* vide cessare da
13 sse, e fue lieta e partesene e andòssene p(er) altra via, e
14 salvò se elli suoi figliuoli p(er) q(u)esto ingiengnio e p(er)
15 senno, ch'ebbe.

Manuscript : 7–q(u)este q(u)ello ; 12–la.
Marie Q : 1–erra ; 3–vout ; hastast ; 4–porceler ; porciaus ; 4-5–Ele ; 5–
p(ar) g(r)ant savoir ; 5-6–me hasteroie ; 6–Tant com si pres de moi
vos voie ; 7–puis ; 9–les doit touchier ; 13–est alee ; 14–delivree.

140

XXVII. WOLF AND SOW.

Chiosa del detto XXVII Capitolo.

16   Per q(u)esto exenplo potemo vedere d'una femmina
17 savia, che p(er) lo suo senno e p(er) lo suo ingiengnio
18 canpa molte volte lo marito e gli figliuoli, e ancora se
19 medesima, di grandi pericoli ; & così dei fare & operare
20 ogni femmina lo suo ingiengnio in bene.

Marie Q :   16-fames ; 18-Ne laissent perir ; lor enfans ; 18-19-lor cors.
Marie Q untranslated :   *Lines 4, 12-14, 16-18.*

XXVIII. HARES AND FROGS.

Capitolo XXVIII: Delle Lievri che presono Consiglio d'andare adbitare nelle strane Terre; & provato si tornoro a casa loro. . XXVIII.

1 Dice che lle lievri s'asenbrarono insieme p(er) prendere
2 consiglio com'elli potessoro vivere piùe sanza dubbio, p(er)-
3 ch'elle aviano molta brigha dalli huomeni e dalli cani;
4 disse una delle lievri : "A me pare che noi tramutiamo
5 altra terra, p(er)ochè meglio è a stare nell'altrui terra
6 sicuro che nella sua terra essere morto." Levòssi un'altra
7 lievre & disse: "A me pare follia d'andare p(er) le terre
8 altrui, e uscire della sua là ov'ell'è conosciuto, e p(er)ò ad
9 me no(n) pare che noi andiamo in altra terra, che nella
10 nostra che q(u)i è avemo inimici assai ; e p(er) adventura
11 forsse làe n'avremo viepiùe e peggiori." L'altre lievri non
12 si volloro acordare a cciò che q(u)esta mostrò loro ; anzi si
13 missoro *per* andarsi. *Quando* furono giunte nella terra,
14 parve loro stare bene, p(er)chè al cominciamento non
15 erano molestate nè dalli cani / *fol. 40b* / nè dalli huomeni.
16 Ma poco durò loro, che poco stettoro che furono cacciate
17 p(er) li huomeni e p(er) li cani, & anche, dove unq(u)e

Manuscript: 3–aviano *sic.*
Marie Q: 1-2–a p(ar)lement ; 2-3–Car trop erent en g(r)ant doulor ; 4–s'en iroient; 6-7–li plus sage disoient; 8–connoisance; 12–croire; 12-13–tuit ensemble tindrent lor oire; 13–A une mare sont venu.

142

XXVIII. HARES AND FROGS.

18 giacieano amachiate, si truovano la notte sotto di loro e
19 rane & altre male bestie, sicchè presoro loro consiglio di
20 tornare nella terra loro, e dissoro : "Meglio èe che noi
21 stiamo nella nostra terra e nelli nostri rimegi con dubbio
22 e co(n) paura, che noi stiamo nell'altrui più sicuro, p(er)
23 molte ragioni." (E) così ritornaro.

Chiosa del detto XXVIII Capitolo.

24   Per q(u)esto exenpro potemo vedere e pensare d'ogni
25 huomo che vagho d'andare a stare nell'altrui terra, che
26 mai no(n) troverrà terra niuna ov'elli possa stare più
27 sanza brigha e più sicuro che nella sua, là ov'elli ae li
28 parenti e gli amici e dov'egli èe conosciuto ; che di tali
29 cose canpa nella sua terra, che nell'altrui no(n) canperebbe
30 tutto l'oro del mondo, & p(er)ò dice : " Taglia mani e
31 piedi e gittami tra miei."

Marie Q : 19-20-Ralons nos en, si ferons bien ; 20-contree ; 24-se doivent
p(or)penser ; 24-25-cil qui se volent remuer ; 26-trouverent ; 26-27-
Q(u)'il i soient sanz peor.
Marie Q untranslated : Lines 4, 7-8, 12, 16, 18-29, 32, 35-36, 40.

XXIX. BATS, BIRDS AND BEASTS.

Capitoto XXVIIII : Che'l Leone fece raunarc tutte le Bestie p(er) sentore ch'ebbe che l'Aghuglia raghunava tutti gli Ucielli. . XXVIIII .

1   Dice che lo leone mandòe p(er) tutte le bestie e fecele
2   raunare, p(er)och'egli aveva inteso che ll'Aghuglia avea
3   fatto sua raunanza di tutti gli uccelli p(er) mostrare sua
4   possanza e p(er) vedersi insieme q(u)al fosse piùe p(er)
5   fare battaglia. Sicchè q(u)ando furono asenbrata l'una
6   parte e ll'altra, lo vilpistrello no(n) sapea da q(u)al parte
7   s'andasse ; s'egli andasse agli uccielli, aveva paura che
8   no(n) ne facessoro beffe, p(er)chè non avea penne e volava ;
9   et se andasse alle bestie, aveva paura del somigliante,
10 p(er)chè no(n) dicess(er)o : "Tu non se bestia & vieni
11 tra noi, conciò sia cosa che ttue voli." Sicchè pensò infra
12 sse medesimo e disse : "Io voglio stare ad vedere ;" e
13 cosìe n'andòe in sue uno monte p(er) vedere chi piùe giente
14 fosse, e colli piùe voleva tenere. Istando lui e q(u)elli,
15 vide tutta la terra coperta di bestie, e ll'aria d'uccelli, ma
16 parvegli che gli uccelli avessoro vantaggio, p(er)och'erano
17 più ad alto e lle bestie erano a basso alla terra. Allora
18 si mosse a volare, e andòssene agli uccelli ; e lle bestie
19 vedendo q(u)esto cominciarono ad urlare molto forte, e gli

---

Manuscript : 13-e *before* p(er) ; 16-alti.
Marie Q : 1-2-asembla ; 2-li ; 2-3-raporchacies ; 6-la chave soris ; 6-7-auquiex se puisse traire ; 13-s'en est montee ; esgarder ; 13-14-qui la greignor force avront ; 15-fu vis ; Q(ue) li lions avoit plus gent ; 16-tant en i ot ; 18-Si s'est des bestes dep(ar)tie ; 19-huerent.

XXIX. BAT, BIRDS AND BEASTS.

20 uccielli fecioro lo somigliante, sìe che nne fue fatto
21 richiamo alla Natura ; & la Natura / *fol. 41a* / lo mala-
22 disse, che mai no(n) dovesse volare di die, & che tutta
23 chiareza gli fosse tolta, che mai nol potesse ricoverare ; &
24 anche gli fosse tolta la piuma delle penne, che ssenpre
25 mai stesse ingniudo.

Chiosa del detto XXVIIII Capitolo.

26   Per q(u)esto exenplo potemo vedere degli uomeni tradi-
27 tori, li q(u)ali fanno contro allo loro singniore, ch'egli lo
28 lascia q(u)ando lo vede infralito iu sue gli grandi bisogni,
29 e vassene dalla parte delli suoi nimici. Et sse lui vedesse
30 al di suso, si starebbe collui, & no(n) guarda sennòe la
31 sua utilitade, p(er)òe chè no(n) puote lasciare lo suo
32 malvagio vitio, & così volle tutte le parte inghannare ; &
33 elli da tutte è vile tenuto & urlato & mostrato a dito, e
34 odiato, et senpre mai sigli è rinproverato e allui e agli
35 suoi figliuoli ; & è maladetto siccome lo vipistrello, che
36 mai no(n) dee andare, se no(n) di notte, e far suo viaggio,
37 e nullo ucciello nol fa a co(n)pag(no).

Marie Q : 20-21–s'en clamerent ; 21–la ; 22–en leu venist, Q(ue) oisiax
ne beste la veist ; 23–a tolue ; 24–oster ; Sa ; 26–del traitor ; 27-28–
Q(u)i meserre v(er)s son ; 28–afoibloier ; besoig ; 29–O les autres se
vont tenir ; sis sires vient ; 32–Dont ; mesesrer ; 33–P(ar)tout est
avilliez & v(er)gondes ; 34–reprouvier ; 35–honnis ; la chave souris ;
36–p(ar) jor voler.
Marie Q untranslated : Lines *3, 6, 10, 11, 13, 19-21, 24-26, 28-32, 35-38,
40-41, 47, 51-53, 63, 68.*

XXX. STAG AND ANTLERS.

Capitolo XXX : D'uno Cierbio che vanagloria*va*si delle sue Corna, e poi furono presso che Cagione della sua Morte . XXX .

1 Dice che uno cierbio beveva ad uno fiume, & q(u)and'elli
2 bevea, ghuardavasi nell'acq(u)a & diceva infra sse me-
3 desimo che al mondo no(n) credea che avesse nessuna
4 bestia con sì belle corna com'erano le sue. Istando in
5 q(u)esto pensiero molti cani gli furono intorno, e lli
6 cacciatori, p(er) pigliarlo. Lo cierbio, q(u)ando li vide
7 ch'elli s'apressimavano p(er) prenderlo, incominciò a ffug-
8 gire molto forte. In q(u)ello che egli fuggia, egli s'avenne
9 in uno buscone, sìe che le corna vi s'avilupparo malamente,
10 sìe c'a grande pena vi si spastricciòe, e lli cani tuttavia
11 vi s'apressimavano a llui, sicchè gli parve talora fue essere
12 a mal *p*asso, pur tanto che p(er) adventura si sviluppòe e
13 canpòe, che bene fue presso che rimaso, p(er)chè avea
14 così belle corna & ramorute.

Chiosa del detto XXX Capitolo.

15 Per q(u)esto exenpro potemo vedere che sono molti
16 huomeni che llodano q(u)elle cose che dovrebbono biasi-
17 mare, & p(er) no(n) biasimare li mali e q(u)elle cose che
18 ssono da biasimare & cche possono inpedire altrui, ne sono
19 già stati & corsi altrui di grandissimi pericoli.

Manuscript: T.—vanagloriandosi ; 5-& *before* molti ; 8-e *before second* egli ; 10-*repetition after* spastricciòe : malamente sie c'a grande pena vi si spastriccioe ; 12-masso.

Marie Q: 1-eve ; 2-Dedens guarda, ses cornes vit ; A soi dit ; 3-nule ; 5-venir devant ; 5-6-lor mestre ; 6-prendre ; 7-8-El bois se met tout esmaies ; 9-un ; s'est atachies ; 11-ap(r)imier ; 16-volent ce loer.

Marie Q untranslated: Lines 8, 11, 18-19, 23-24.

XXXI. KNIGHT AND WIDOW.

Capitolo XXXI : D'una Femina che piangnie il suo Marito morto, e in su q(u)esto v'arivò uno Cavaliere, e'namoròssi di lui. . XXXI .

/ fol. 41b. /

1 Dice che uno huomo era morto e ssoppellito e lla moglie
2 lo piangniea dìe e notte e stava in sulla tonba, là ov'era
3 lo marito, e menava grande dolore, & niuno suo parente
4 nolla potea tanto confortare ch'ella da q(u)ella tonba si
5 volesse partire, nè che ssi volesse rimanere di menare
6 q(u)el dolore, ch'ella facea p(er) lo marito. Apresso di
7 lei si aveva uno ladrone, che lla singnioria avea fatto
8 inpicchare, & adveva la singnioria mandato lo bando che
9 nessuno nollo spicchasse sotto pena chi llo spicchasse vi
10 sarebbe inpicchato elli. Nella contrada aveva uno cava-
11 liere, lo q(u)ale era parente di q(u)ello inpicchato, sicchè
12 p(er) lo disinore ch'eglie ne parea avere, si llo fece
13 spicchare, & poi si pensò del bando, e disse : ''Io sono
14 suo parente, bene veggio ch'io ne sarò inpicchato.'' Mossesi
15 e andòssene a q(u)esta femmina & disse p(er)ch'ella facea
16 così grande dolore ; e lla femmina lo sghuardòe e videlo
17 chosìe bello cavaliere, funne tosto inamorata, e disse : ''Io
18 piangho lo mio marito, lo q(u)ale giace in q(u)esta tonba,
19 ma io sono già si presa di voi che di lui non mi ricordo

Manuscript : 14–sarone ; 19–ricorda.

Marie Q : 1–conte ; enfouis ; Sa fame ; 3–maine ; 7–ilec ; 8–pendus ;
P(ar) la contree fu crie ; 9–Qui le larron avroit oste ; 10–pendus ;
11–ses ; 12-13–despendi ; 15–la ou estoit ; 15-16–Dist lui a, qu'ele se
confortast ; 16-17–G(r)ant joie en fist, si l'ostroia.

XXXI. KNIGHT AND WIDOW.

20 q(u)asi niente." Disse lo chavaliere : "Cierto, Madonna,
21 se voi m'amate, e voi ne siete bene dengnia, che già è gran
22 tenpo ch'io v'o amata e desiderata ; ma io vi voglio mani-
23 festare una grande mia disaventura, la q(u)ale m'è ora
24 presente incontrata, acciochè voi mi ci diate alcuno con-
25 siglio." E lla donna disse : "Ditelmi, se vi piace, che
26 tanto è l'amore e llo bene ch'io vi voglio, che in ciò ch'io
27 vi potessi s(er)vire, si llo farò." Lo cavaliere contò tutto,
28 come avea fatto spicchare lo ladrone & come aveva grande
29 paura della singnioria, p(er) lo bando che n'era andato ; e
30 lla donna disse : " Mess(er)e, di ciò non abbiate nessuna
31 paura, ch'io ve n'atrò bene. Togliete q(u)esto mio marito
32 e fatelo appichare colà, dov'era lo ladrone, & poi sarete
33 fuori d'ogni dubbio." E llo cavaliere così fecie.

Chiosa del detto XXXI Capitola.

34 Per q(u)esto esenpro potemo intendere che ogni huomo
35 puote avere in q(u)esto mondo poca fidanza nelli vivi ;
36 q(u)ando l'uomo è passato di q(u)esta vita, tanto è il
37 mondo frale che q(u)ando la persona è morta, tosto è
38 dimenticata da ogni suo amico & q(u)asi dalli suoi incar-
39 nati parenti ; p(er)ò faccia bene ciascuno p(er) l'anima sua
40 q(u)and'egli è vivo e sanno, almeno q(u)ello no(n) perde,
41 se più non avesse. / fol. 42a. /

Manuscript: 24-me *after* presente.
Marie Q : 21-l'amast ; 27-a tretoute conte ; 28-despendu ; 30-fame
respondi ; 31-Desforcons ; baron ; 32-pendons ; ou cil fu ; 34-sene-
fiance ; 35-el vis ; 37-faintis.
Marie Q untranslated: Lines 9, 13-15, 19-20, 25, 29-30, 34-36.

XXXII. WOLF AND DOG.

Capitolo XXXII : C'andando il Lupo p(er) uno Bosco, trovando un Cane, e parlando insieme, no(n) pigliando i'Lupo il Consiglio del Cane, fue morto i'Lupo. XXXII.

1 Andando uno lupo p(er) uno bosco, iscontròssi in uno
2 cane, puoselo mente e disse : "La tua giente e lla mia
3 senpre mai si volloro male & sempre sono state nimici, ma
4 io voglio che noi due ci fidiamo insieme, p(er)och'io ti
5 voglio domandare di certe cose, e ttu domanda a me, & io
6 ti *risponderò* di ciò che ttu mi domanderai." Disse lo cane :
7 "Bene mi piace." "Or mi die, molto se bello e grasso, e
8 molto ti luce il pelo adosso, p(er)chè adviene ?" Disse lo
9 cane : "Dunq(u)e mangio bene & soave giacio, &
10 q(u)ando è mal tenpo che piove si mmi stoe alli piedi del
11 mio singniore e posomi tutto lo g*i*orno *a* spilucchare li
12 piedi & tutta la persona, e p(er)ò sono così bello e grasso ;
13 & se ttue volessi venire co(n) meco e ubbidire lo mio
14 singniore, chom'io faccio, tu averai da bere e da mangiare
15 piùe che ttue no(n) vorrai." Disse lo lupo : "Che s(er)-
16 vigio li debbo io fare ? Ben vorrei che ttu lo mi dicessi."
17 Disse lo cane : "Tue lo s(er)virai di q(u)ello che llo
18 s(er)vo io, che ttue si gli ghuarderai la corte sua dalli
19 ladroni e da mala giente, & andrai nel bosco colli fanti
20 suoi a cacciare e a pigliare delle bestie salvatiche, & cciò

Manuscript : 6-domanderò.

Marie Q : 1-alerent ; p(ar)mi ; s'encontrerent ; 2-a regarde ; a parle ; 8-est luisans vostre ; respont ; 10-devant ; 12-Dont je me fas & gra(n)s & gros ; 13-vos voles ; o ; 13-14-li ; 14-viande ; 18-Q(ue) n'i aprouchent.

XXXII. WOLF AND DOG.

21 ch'elli ti comanderà si farai, come faccio io." Disse lo
22 lupo: " Bene mi piace, or andiamo. Anzi voglio io
23 avere che mangiare e che bere assai ciascuno giorno, e
24 ubbidire, che andare ratio, siccome vado, alla ventura
25 d'essere morto." Missorsi ad andare e furono giunti
26 all'albergo del singnore ; lo lupo tenne mente e vide nel
27 palagio del signore due cani incatenati ; disse lo lupo al
28 cane : " Dimmi p(er)chè sono q(u)elli cani così incatenati
29 a q(u)ella colonna, che anno egli fatto al singniore ?"
30 Disse lo cane : " Non anno fatto nulla, anzi stanno così
31 leghati p(er)chè no(n) vadano troppo atorno & p(er)chè
32 siano apparecchiati alli fanti del singniore a menarli
33 ov'egli vorrano, & si divicne anche ad me alle stagioni, &
34 a tte diverrà anche lo simigliante." " Frate," disse lo lupo,
35 " peggiorato m'ai lo fatto, dunq(u)e mi converrebbe stare
36 con catena in collo spesse volte ; frate, none voglio fare
37 nulla, anzi voglio patire fame e sete e andare tutto lo
38 giorno ratio a mia volontade & essere libero, che stare
39 satollo & co(n) q(u)esti beni e d'essere incatenato." (E)
40 cosìe si partìe dal cane & andòsene al bosco. No(n)
41 stette guari giorni che q(u)esto lupo fue preso dalli villani
42 e menato ad inpicchare a uno albore, & era tutto insa / fol.
43 42b / nguinato delle sedite e delle p(er)cosse chelli villani

---

Manuscript : 32–apperacchiati.
Marie Q : 21–respont ; 22–Si ferai voir ; 25–si s'en vont ; 25-26–a vile
fussent venu ; 26–garda ; a veu ; 27–Con li chiens porte son coler E la
chaienne trainer ; 27-28–" Frere," fait-il ; 30–respont ; 34–fait ; 37–
Mieus ; 38–a delivre ; 38-39–richement vivre ; 40–P(ar) la chaenne
est dep(ar)tie lor compaignie.

XXXII. WOLF AND DOG.

44 li avieno date, q(u)ando lo menavano ad inpicchare ; &
45 elli si scontrò nel cane, che'l menò al suo albergho; disse
46 lo lupo : " Frate, bene ti vorrei avere creduto, che meglio
47 m'era stare sichuro che andare tutto tenpo a rischio di
48 morte, e ora vedi che mi menano a morire q(u)esti villani,
49 e tte veggio così bello, e stai sicuro, ben ti vorrei avere
50 creduto ; ma non mi vale lo pentere.." Lo cane disse :
51 " Io ti consigliava a buona fede, e ttue no(n) mi credesti,
52 ora ai q(u)ello c'andava caendo ; & come seminasti, cosìe
53 ai ricolto, & no(n) meglio.

Chiosa del detto XXXII Capitolo.

54   Per q(u)esto exenpro potemo vedere che lla libertade
55 èe la migliore cosa che ssia, salvo che ll'uomo si sappia
56 bene guardare che no(n) si lasci scorrere nelle follie e
57 nelle volontadi ; ma ss'elli non si sae tenperare, meglio gli
58 sarebbe ch'elli fosse s(er)vo d'uno singniore che llo tenesse
59 in paura e no(n) lasciasse vivere in male albitrio, che
60 molti ne sono già strutti di p(er)sona e d'avere p(er) las-
61 ciarsi correre in malvolere.

Manuscript : 47-sichura.

Marie Q : 54-nos pramet; 54-55–cil est mout fous qui se met En sougiet.

Marie Q untranslated : *Lines 24, 26-31, 34-36, 39, 46-48.*

XXXIII. BELLY AND MEMBERS.

Capitolo XXXIII: D'uno Huomo che, p(er) avanzare i'Pecunia, si misse a digiunare, e chosì si condusse a Infermità e Deboleza. XXXIII.

1 Dice che uno huomo male aventurato, pighero, e pieno
2 di grande cupideza, sissi adiròe infrasse medesimo & disse :
3 "Io porto co(n) meco lo mio ventre, lo q(u)ale mi toglie
4 ogni cosa ch'io ghuadagnio." Pensòssi di digiunare p(er)
5 avanzare in pecunia & tanto digiunò che afievolò sì della
6 sua persona che no(n) potea lavorare, e co(n)veniagli
7 andare a mazza, e p(er) tutto ciò non volea mangiare.
8 (E) tanto digiunò, e che venne sì perdendo le ghanbe e
9 lle braccia, che no(n) potea andare nè co(n) mazza nè
10 co(n) nulla, e llo ventre gli tornòe q(u)asi a nulla, tanto
11 che fue mestiere che ll'uomo gli ponesse lo pane a boccha ;
12 & se volesse & se no(n)e, no(n) potea pigliare nulla, tanto
13 era stato.

Chiosa del detto XXXIII Capitolo.

14 Per q(u)esto exenplo potemo vedere, & ciascuno franco
15 huomo lo dee sapere, che nullo puote avere onore chi ffae
16 ciò co(n)tra'l suo singniore ; e lo signiore simigliante-
17 mente, q(u)ando egli vuole unire sua giente, come q(u)esti
18 volea unire lo suo corpo.

Manuscript: 12–& *before* non.
Marie Q: 1–veilg conter ; 2–est corcies; 3–porte; son ; 3-4–P(or) son gaaig, qu'il degastoit; 4–tolirent li mengier ; 8-9–& mains & pies qu'il ne povoit Si traveillier co(m) il suoloit ; 10–revait ; noient; 11–mengier au ventre offrire(n)t ; 12–riens gouster ; 12-13–trop l'orent fait geuner ; 14–puet ; 16–honte ; a ; 16-17–tout ensement p(or) qu'.
Marie Q untranslated: Lines 2-4, 7, 13, 18, 25-26.

XXXIV. APE AND FOX.

/ fol. 43a. /

Capitolo XXXIIII: D'una Scimmia che domanda alla Volpe della sua Coda p(er) coprirsi di dietro, e noll'ebbe. XXXIIII.

1   Dice che anando una scimmia p(er) uno canmino, si
2 scontrò in una volpe, e salutòlla; disse la scimia alla
3 volpe: "Amica mia, io ti vorrei preghare d'uno grande
4 s(er)vigio, che sanza tuo danno, me ne puoi s(er)vire,
5 acciochè ttu ne se bene agiata." Disse la volpe: "Certo,
6 tu mmi domanderai lo s(er)vigio & acciochè'l mio bene
7 none menomasse, io ti s(er)virò volentieri." Disse la
8 scimia: "Io ti priegho che ttue mi debbi prestare della
9 tua coda, p(er)ciò ch'io no(n) n'o fiore, & tu n'ai troppo
10 alla persona che ttue ai; & ad te dee piaciere ciò ch'io dico,
11 p(er)ò ch'io ti faccio giusto priegho, & anche, chi s(er)ve
12 dee avere lo merito." Disse la volpe: "Amica mia, q(u)este
13 dolcie parole non ti vagliono niente, piacciati di no(n)
14 dirlemi piùe, che ggià della mia coda, che tti pare così
15 grande, non ti adornerai tue, nè lli tuoi figliuoli, & partiti
16 da me inmantanente." (E) hora si partirono.

Chiosa del detto XXXIIII Capitolo.

17   Per q(u)esto exenpro potemo vedere dell'uomo avaro,
18 che poichè abbia più che nolli fa mestiere, no(n) puote
19 sofferire che altri n'abbia bene nè onore; anzi la vuole
20 perdere ciascuno giorno, che darlo q(u)ivi ove sarebbe
21 utilitade o p(er) anima o p(er) corpo, tant'è avarissimo.

Manuscript: 3-amico mio; 9-troppa.
Marie Q: 1-un; 2-un; 7-demanda; 8-prestast; 9-sa; li fu; 12-Li;
   12-13-Ceste requeste peu vos vaut; 14-qui est; 15-N'en douerez les
   vos enfans; 18-Se il; n'estuet; velt; 19-aise; Mieus.
Marie Q untranslated: Lines 4, 6, 8-12, 17-18.

XXXV. WOLF'S BREATH.

Capitolo **XXXV** : D'uno Consiglio che'l Leone fece con tutte l'altre Bestie, e deliberò andare in Pellegrinaggio; en suo Canbio fece lo Lupo Signiore co(n) Patto che Charne no(n) dovesse mangiare, e pur ne mangiò. . 35 .

1 Dice che uno leone volea andare in altre terre, & mandò
2 p(er) tutte le bestie, e furono raunate intorno a llui; lo
3 leone disse : "Io voglio andare in uno mio pellegrinaggio,
4 del q(u)ale io no(n) credo mai tornare, e p(er)ò v'oe fatte
5 raunare q(u)ie, che voi dobbiate chiamare un altro signiore
6 che vi tengnia in ragione e in giustitia." Dissero le
7 bestie : "Noi lo vogliamo p(er) vostra mano." Disse lo
8 leone : "Io no(n) me ne voglio inframettere, nè levar-
9 mene q(u)esto carico ; ma io soe che tra voi ae di molti
10 savi, fatelo pure voi & chiamatelo tale che non ve ne pen-
11 tiate." Le bestie furono insieme & chiamaro lo lupo, e
12 diss(er)o : "Mess(er)e, noi avemo fatto signiore lo lupo :
13 che ve ne pare ?" Disse lo leone : "Saràe buono, se Dio
14 piacie, ma nolli date / *fol. 43b* / p(er) consigliere la volpe,
15 p(er)och'è molto vitiosa ; & fateli giurare all'entrata della

---

Marie Q: 1–qui ; velt ; 1-2–assembla ; 3–Sa volente leur compta ; 4–il ne cuidoit ; revenir ; 5–deussent roi choisir ; 11–avoient choisi ; 12–ont dit ; avoient eslit ; 13–il respont ; 14–Qu'il ne pre(n)sist ; Le ; 15–set t(r)ichier.

XXXV. WOLF'S BREATH.

16 singnioria, ch'elli no(n) maggiaràe carne in tutto lo tenpo
17 del suo reggimento ; e s'egli no(n) volesse giurare, nollo
18 chiamate, diteli che nne chiamerete un altro." Dissero le
19 bestie : "Bene, lo faremo." Lo leone si trasse la corona
20 e rinunziò loro la singnioria, andò nel suo viaggio & lle
21 bestie feciero giurare lo lupo che in tutto lo suo reggimento
22 no(n) mangierebbe carne e terebbegli in grande ragione
23 e pace, et poi lo'ncoronarono della singnioria. Stando lo
24 lupo nella singnioria, si pensò com'egli potesse mangiare
25 carne sanza essere ripreso ; allora chiamòe lo chavriuolo
26 ad sse, & disse : "Che tti pare del mio fiato, vientene
27 puzzo ?" E aperse la boccha, e llo chavriuolo gliele fiatò
28 e disse : "Si viene tale che io nol posso sofferire." Allora
29 lo lupo fu lieto, ch'ebbe cagione di mangiarlo, fece suo
30 parlamento, e disse : "Singniori, io voglio fare giustitia
31 con vostro senno delli malfattori, dicie che dee ess(er)e
32 di colui che, inanzi al suo singniore, disse che lli putiva
33 la boccha ?" Dissoro le bestie : "P(er) ragione dee morire.
34 & no(n) dee più vivere." E llo lupo incontanente l'uccise

Marie Q: 16–mengeroit ; beste ; 16-17–james en son vivant ; 21–a jure ;
21-23–Plus assez qu'il n'ont demande ; 23-24–q(u)ant il fu asseures ;
24–Grant talent ot de ; 25–a apele ; un ; 26–a demande ; s'alainne,
s'ele puist ; 27-28–cil respont ; 28–si puoit ; a paines ; povoit ; 29-30–
P(or) ses hom(m)es a envoiez ; demanda ; 32-33–laidure ; 33–Il dient ;
34–l'a ocis.

XXXV. WOLF'S BREATH.

35 e mangiòllo. Anche domandòe lo cierbio se gli venia puzo
36 della boccha, e llo cierbio, vedendo che'l cavriuolo n'era
37 morto p(er)chè disse la verita, si disse: "Mess(er)e, no(n)e,
38 anzi ne viene grandissimo odore sicchome del moscado."
39 Lo lupo fece anche parlamento e disse alle bestie: "Che
40 dee essere di colui che mente dinanzi al suo singuiore?"
41 Dissero le bestie: "Mess(er)e, dee morire." Lo lupo
42 inmantanente lo si mangiòe. No(n) andò guari giorni che
43 *lo* lupo vide una grassa scinmia, vennegliene grande
44 volontà, dissele lo somigliante che al altre due ; la scinmia,
45 pensando ciò ch'era intervenuto agli altri, *disse:* "Mess-
46 (er)e, io sono molto infreddata, sicch'io no(n) sento nulla
47 del mio naso, ma llasciate, q(u)ando sarò guarita, & voi
48 lo mi ricorderete, & io ve ne diròe ciò che a dire parràe."
49 Lo lupo, vedendo che nolle potea trovare cagione ch'elli la
50 potesse mangiare, sissi finse d'essere malato, & mandòe
51 p(er) le bestie ; q(u)elle dissoro: "Mess(er)e, voi con-
52 viene confortare col mangiare, se voi volete ghuarire."
53 Disse lo lupo: "Elli no(n) mi viene voglia di nulla,
54 senone di carne d'una scinmia, ma voi sapete ch'i'oe giu-
55 rato, q(u)ando entrai in signioria, di no(n) mangiare

Manuscript: 54-di carne *before* senone, *marked with dots beneath to be*
omitted.

Marie Q: 35-S'en menjue; Apres icele; une autre beste; 35-36-De
s'allainne, qu'il en sembla; 36-la dolente; 38-soef; 39-a concile
asemble ; A ses barons a demande; 40-faire; 41-tuit jugent q(u)e
le soit ocise ; 42-la beste; a mengue; demoura ; gaires apres; 43-un
grant; De lui a eu; 44-talent; li ala demander De s'alaine; Li;
50-faint ; 53-54-"Ge n'ai," fait-il " nul desirier, Fors."

156

XXXV. WOLF'S BREATH.

56 carne tutto il mio reggimento, e di no(n) fare alcuna
57 giustitia sanza lo singniore della corte, & p(er)ò io n(on)e
58 farei contro lo mio saramento." Le bestie, udendo q(u)esto,
59 dissero ch'elli ne mangiasse sicurame(n) / *fol. 44a* / te &
60 none fosse tenuto a saramento. Lo lupo inmantanente
61 la prese e mangiòlla. & mai no(n) volle altro lorò consiglio,
62 e no(n) tenne loro più saramento.

Chiosa del detto **XXXV** Capitolo.

63   Per q(u)esto exenpro potemo intendere che nulla giente
64 no(n) dee chiamare signiore di loro fellone huomo, che
65 tanti saramenti nolli può far fare che tti vaglia nulla;
66 anzi pensa tuttavia p(er) suoi ingiengni com'elli ci possa
67 torre l'avere e lla persona, & no(n) te ne puoi difendere.

Marie Q: 57-Q(ue) l'otroiassent mi baron; 57-58-lor veil garder;
58-59-Dont li loent q(ue)munement; 59-le face; 61-Le singe ocist;
Ainz puis ne quist nul jugem(en)t; 63-moutre li sages; l'en; 64-
faire.
Marie Q untranslated: Lines *7-12, 15-16, 18-19, 23-26, 30-31, 39, 42-43,
46, 53, 60-61, 67, 69, 77, 82, 85, 87-88, 90-91, 94-100, 104, 106, 110-112, 111-
123.*

XXXVI. COCK AND SWALLOW.

Capitolo XXXVI: D'uno Contasto che ffa lo Ghallo colla
Rondine, tornando in una Casa. XXXII.

1 Dicie che in una magione d'uno singniore tornava una
2 rondine, e in q(u)ella magione tornava uno ghallo. Lo
3 gallo canta una notte a molte stagione, con molte grandi
4 boci e chiare, sìe che lla rondine n'era molto crucciosa, che
5 lla svegliava q(u)ando ella dormia ; disse la rondine co(n)
6 grande ira al ghallo : "P(er)chè m'ai tu morta? Che
7 tt'o io fatto che ttue no(n) mi lasci dormire col tuo cantare
8 tutta la notte, che ai una tal boce che tutta q(u)esta
9 magione fai svegliare, e non ci puote dormire p(er)sona ?'
10 Disse lo ghallo: "Vanmi fuori di casa, mio pellegrino
11 straniero, che venisti d'oltre mare, che'l mio cantare fa
12 bisognio & è utile piùe al mio singniore che non è la tua
13 dimora in sua magione ; che ss'io no(n) fosse che canto
14 l'ore la notte, lo mio singniore no(n) saprebbe q(u)ando
15 fosse ora di levare p(er) andare nel suo viaggio, nè anche
16 li suoi fanti no(n) saprebbono l'ora del levare p(er) andare
17 a ffare la sua lavoriera delle sue terre, & tutte le gienti ne
18 sono più solleciti p(er) loro fatti del mio canto. Et
19 ancora io gli guido tutte le sue ghalline lo giorno e
20 llascerarli ire a lletto tutte & rimettole tutte nello albergho
21 sane e salve, ma tu ne non ci fai altro che danno. Ma
22 ss'io ti coglierò, male avrai pensato che sse venuta in casa
23 mia ad volermi riprendere del mio cantare." Disse la
24 rondine : " Molto m'ai contate grandi utilitadi che'l
25 singniore, e lla giente, ae di te, ma no(n) die veritate,

Manuscript : 4–chiara ; 10–mia.
Marie Q does not contain this fable.

XXXVI. COCK AND SWALLOW.

26 che della tua persona no(n) n'esce nel vero nullo altro che
27 gridare, lo dìe e lla notte, e molte volte sono tolte le
28 ghalline al singniore che nollene puoi aiutare, e lla casa,
29 ove tu dimori, lordi tutta ; ma io sì rallegro ogni giente
30 colla mia tornata, p(er)och'io ne vengnio col chiaro tenpo
31 della state, e recho li fiori e lle rose, onde s'adornano le
32 donne e lle pulzelle e lli cavalieri ; & ogni huomo ne stae
33 più gratioso, tanto q(u)ant'a-- / fol. 44b / nno la mia con-
34 pagnia.   Et q(u)ando io me ne vado nella mia terra,
35 q(u)est. cose anno meno, & an(n)o lo male tenpo, e
36 secchano p(er) io mio partire tutte l'erbe degli giardini,
37 laonde la giente perde tutto sollazo ; e p(er)ò no(n) favel-
38 lare piùe, che llo tuo cantare è increscevole ad ogni giente
39 chi tte ode, & a me fai tal noia ch'io ti vorrei vedere dare
40 tanto in cotesta tua boccha, con che tue canti, che tutta
41 q(u)anta sanguinasse, sicchè mai non ci assordassi con
42 tuo cantare."   Lo ghallo fue molto adirato di clo che lla
43 rondine gli avea detto, et pensòe, d'ucciderla, tanto che
44 un giorno la prese a tradimento e uccisela.

Chiosa del detto XXXVI Capitolo.

45   Per q(u)esto exenpro potemo vedere *che* si dee l'uomo
46 guardare, q(u)ando egli è nelle terre altrui, di no(n) con-
47 tastare con q(u)elli della terra, overo della casa ; anzi
48 sofferisca di q(u)ello che nolli piaccia, ch'elli si metta a
49 pettoreggiare colà ove non è possente, che p(er) adventura
50 potrebbe essere morto, come fue la rondine.

Manuscript: 38–o io.   45–&.

XXXVII. DOCTOR AND RICH MAN.

Capitolo XXXVII :   D'uno Medico c'avea tratto Sangue a uno Infermo ; essendoli scanbiato, conobbe il Medico ch'era Sangue di Femmina prengnia, credendosi che fosse Pulciella. XXXVII.

1   Dice che uno medico, churando uno ch'era malato, sigli
2   fece trarre sangue, & disse alla figliuola che llo riponesse
3   tanto che'l sanghue raffredasse, e poi gliel' rapresentasse
4   e elli conoscerebbe meglio la malattia del suo padre.   La
5   pulciella lo ripuose, ma nollo ripuose sichè uno cane della
6   casa nollo versasse.   La pulciella, vedendo che llo sangue
7   era versato, ne fue molto dolente & no(n) sapeva come se
8   ne fare ; pensòssi d'una grande malitia, ch'ella si fece torre
9   sangue ad sse, & q(u)ando lo medico domandò lo sangue
10 dello 'nfermo, lla pulciella si rechòe q(u)ello, che ss'avea
11 fatto torre privatamente, in iscambio *per* q(u)ello del padre,
12 che'l cane avea versato, credendo ella che'l medico nollo
13 conoscesse. Lo medico, q(u)ando lo vide, disse allo malato.
14 " Q(u)esto sangue mi pare di persona che ssia prengnia,
15 & altro non ci posso vedere." Q(u)ando lo medico ne fu
16 ito, llo 'nfermo fece venire la figliuola inanzi & tanto la
17 'saminò ch'ella disse che q(u)ello sangue era stato suo, &

Manuscript :   10-e *before* lla ; 16-e *before* llo.

Marie Q :   1-co(n)te ; qui ; q(u)il garda ; En une g(r)ant emfermete ;
  2-saigna ; avoit q(ue)mande ; sa ; gardarst ; 4-enfermete ; que il
  avoit ; 5-meschine ; 5-6-m(o)lt l'en est mesavenu, Q(ue) tout le sanc
  a espandu ; 7-8-N'autre co(n)seil ni sot trouver ; 8-9-sainnier ; 9-soi
  meismes ; 13-Tant que ; a veu ; 14-a aperceu ; Q(ue) il ert prains,
  qu'il l'ot laisie ; 17-fist connoistre ; a dist ; fu de lui.

XXXVII. DOCTOR AND RICH MAN.

18 dissegli come / *fol. 45a* / lo cane avea versato lo suo,
19 "& però io, no(n) sappiendo, si mmi feci torre lo mio."
20 Disse lo padre: "Dunq(u)e se ttue prengnia?" Disse la
21 pulciella: "Dacch'io mi sono acchusata io medesima, ben
22 sapere p(er) lo mio poco senno che io nol posso oggimai
23 celare." Lo padre ne fue molto dolente, dissele: "Figli-
24 uola mia, a me è grande disinore, ma via peggio n'avrai
25 tu, c'averai lo disinore e llo danno.

Chiosa del detto XXXVII Capitolo.

26 Per q(u)esto exenpro dovemo intendere delle malvagie
27 p(er)sone, che vanno pure con ingiengni e con fellonia
28 adosso, com'elli possano inghannare e torre l'altrui. Et
29 q(u)ando egli si credono meglio guardare e ffare piùe
30 coperte le cose, ellino medesimi si manifestano ciò c'anno
31 fatto e pensato; e p(er) sua colpa ne viene molte volte con
32 vergogna e con danno, ch'è peggio.

Manuscript: 18–*At the beginning of Fol. 45a is a repetition of part of the last line of Fol. 44b, as follows:* il sangue era stato suo, & disseli come; 30–& *before* ellino; medesimo.
Marie Q: 26-27–tricheors; 27–maint; 29–se gardent; 31-32–Si sont encombre & ocis.
Marie Q untranslated: Lines 6, 10, 13, 20-21, 28.

XXXVIII. MAN, WIFE, AND LOVER IN BED.

Capitolo XXXVIII : D'uno Villano *che*, tornando a Casa,
vede la Moglie giacere con altro Huomo ; ella gli fa credere
non è così, e rimanne p(er) contento di none avere veduto
bene. XXXVIII.

1 Uno villano, che, tornando egli a casa, trovò lo suo
2 uscio chiuso, puose mente p(er) lo pertuscio & vide la
3 moglie sua nel letto con uno huomo, disse lo villano :
4 "Oi lasso! Che abbo io veduto dentro dal mio letto !"
5 Rispuose la moglie incontanente : "Or che ai veduto ?"
6 "O veduto q(u)ello ch'io lo ti farò bene conperare." Disse
7 la femmina : "Ben see folle, che ttue credi ciòe che ttue
8 vedi." E lievasi e uscìe fuori della casa e piglia lo marito
9 p(er) la mano e menòllo ad una concha piena d'acq(u)a
10 e disse : "Or ghuata costi entro." E llo marito vi puose
11 mente. Disse la moglie : "Or che vedi ?" Disse lo
12 marito : "Io vi veggho la figura mia." Disse la moglie :
13 "Bene vi ti puoi entro vedere, e p(er)ciò no(n) vi se tu
14 entro, & così no(n) dei tue avere fidanza mai nelli tuoi
15 occhi, p(er)och'egli ti mentono molto spesso." Disse lo
16 villano : "Or mi ripento di ciò ch'io credetti, p(er)ochè

Manuscript : 6–fare.
Marie Q : 2–gaitoit ; Dedens un huis ; espioit ; 3–fame ; sor son ; o ;
5–a respondu ; fame ; sai-ge ; 6-7–fait-ele ; 7–se ; quanq(ue) ; 8–el prent ;
9–au ; En ; cuve ; 10–Dedens l'eve le fist regarder ; 11–coumence
a demander Qu'il voit ; 11-12–il li dit ; 12–Son image meismes vit ; 13–
fons ; 14–Dedens ; On ne doit ; creance ; 15–qui ; sovent.

XXXVIII. MAN, WIFE, AND LOVER IN BED.

17 ciascuno dee meglio credere q(u)ello che lla moglie li dice
18 p(er) fermo, che q(u)ello che lli suoi occhi mostrassono,
19 che molti ne *al* veduto folleggiano & mostrano q(u)elle
20 cose che no(n) sono." Entanto che lla moglie gli fece
21 porre mente nella concha, / *fol. 45b.* / llo buono huomo
22 ch'era collei nel letto sissene andòe via.

Chiosa del detto XXXVIII Capitolo.

23 Per q(u)esto exenpro potemo vedere che nelle femmine
24 si truova molte malitie, q(u)ando elle lo vogliono pensare,
25 & anche che molte fiate canpa l'uomo p(er) senno d'un
26 grand disinore e d'un grande danno.

Manuscript: 19–ane.
Marie Q : 17–ce ; sa fame dist ; 18–voir ; ce ; voient ; 19–qui p(ar) veue ;
  25–Q(ue) m(o)lt vaut.
Marie Q untranslated: Lines 8-10, 21, 31-32.

XXXIX. MAN, WIFE, AND LOVER IN WOOD.

Capitolo XXXVIIII : D'uno Villano che vide la Moglie andarne p(er) una Selva con un altro Huomo ; sgridandola, ella torna verso il Marito e falli credere c'a veduto una Fantasia. XXXVIIII.

1   Uno villano si vede la sua moglie andarne p(er) una
2 selva con uno altro huomo, lo q(u)ale si era suo drudo. Lo
3 villano incontanente le corse dietro ; la moglie, vedendo
4 che'l marito le veniva dietro, disse al drudo suo : "Vattene
5 via, ch'eccho lo mio marito che cci *a* veduti, che mmi viene
6 dietro, & io me ne vado inverso lui p(er) farli discredere
7 ciò ch'elli dice." La moglie fue tornata al marito ; disse
8 la femmina : "P(er)chè mi vieni tu dietro così gridando?"
9 Disse lo marito : "Ria femina, p(er)ch'io ti vidi andare
10 p(er) q(u)ella selva con uno huomo, e a*i* mi fatto onta e
11 disinore." Disse la femina : "Ai ! P(er) Dio ! Dimmi
12 tue vero che ttue vedessi huomo con meco?" Disse lo
13 marito : "Or pure ricordalmi ! Anche or non basta
14 l'onta che ttue m'ai fatta se no(n) che ttue mi ramenti
15 q(u)ello ch'io vidi chiaramente?" Disse la femmina :
16 "Hora veggio che domane debbo morire, overo oggi,
17 p(er)och'alla mia avola divenne lo somigliante, e anche
18 a mia madre, & io lo vidi, che q(u)ando ella venne a morte
19 si aparve a llei uno bascicliere, & dunq(u)e veggho che

Manuscript : 5-o ; 10-a.

Marie Q : 1-vit ; fame ; p(ar)mi un ; 2-bois ; o ; 3-Apres ; 4-5-Si s'est mucies ; 7-8-Cele demanda ; 8-il p(ar)loit ainsi(n)t a lui ; 9-li vilains li respondi ; Qu'il ot veu ; 10-v(er)s la forest ; o ; son lecheor ; li fait ; 11-fait-ele ; dites ; 12-cuidastes veoir ; o ; 16-morirai ; 17-avint autresi ; 18-car ; . i . peu avant lor fineme(n)t ; 19-les conduisoit.

XXXIX. MAN, WIFE, AND LOVER IN WOOD.

20 noi n'andiamo chosìe tutte p(er) ischiatta ; onde io veggio
21 ch'io sono presso alla mia fine ; p(er)ò ti priegho che mmi
22 mandi p(er) li miei parenti, ch'io voglio partire lo mio
23 avere, q(u)ando no(n) debbo più vivere, e darne alli
24 povere." Lo marito, q(u)ando l'udìe così dire, pensòssi e
25 disse : "Bene veggio che cciò ch'io vidi fue una fantasia ;"
26 ma incontanente disse alla femmina sua : "No(n) voglio
27 che ttue ne facci nulla cosa, che cciò, ch'io ti dissi, si fue
28 menzongnia." Disse la moglie : "Io nol ti credo, pure
29 dell'anima mia voglio io pensare, p(er)ciò che mai senpre
30 lo mi rinproveresti, e diresti altrui ; ma sse tue mi n'volli
31 fare saramento, inanzi alli miei parenti, che ttue unq(u)e
32 huomo / fol. 46a / non vedesti nella selva con meco, &
33 che mai nolmi rinproverrai & nol dirai altrui, & giamai
34 no(n) mi verrai dietro, la ov'io andròe, i'nulla parte, io me
35 ne rimarròe ; & se no(n), si faròe ciò, ch'io t'abbo detto."
36 Disse lo marito : "Madonna, volentieri, ciò che voi piace."
37 E chosì n'andarono abondevole ad una chiesa, e lla moglie
38 gli conta lo saramento e llo marito le giuròe piùe ch'ella
39 no(n) volle.

Chiosa del detto XXXVIIII Capitolo.

40 Per q(u)esto exenpro potemo vedere che lle femmine
41 sanno di molti ingiengni, & molto è savio q(u)ell'uomo
42 che da lloro si sa difendere ; & potemo vedere che sono
43 molti huomeni che credono ciò buffe *che* la moglie li dice,
44 tanto n'è preso di lei.

Manuscript : 26-*After* voglio *is* Po, *crossed out :* 43-ebe.
Marie Q : 20-Or sai-ge bien ; 21-est ; 22-cousins ; departirons n(ost)re ;
    24-Li vilains ; 26-27-Laissiez ester ceste folie ; 27-quanq(ue) ge vi ;
    28-fait-ele ; 29-m'estuet ; 29-30-Touz jors me seroit reprouve ; 30-vos ;
    30-31-me jures ; 31-si qu'el voient ; 32-o ; 33-ja ; reproucheroiz ; 34-
    sirroiz ; 36-cil respont ; 37-vont ; un mostier ; 39-dist ; 41-engingnier.
Marie Q untranslated : *Lines 5-7, 19, 26, 35, 39-40, 42, 55-66.*

XL. WOLF AND SHEPHERD.

Capitolo XL : D'uno Lupo che fuggia dinanzi a Cacciatori e a Cani; essendo stanco, preghò uno Pecoraio *che lo
guatasse*, e così fece. Li Cacciatori sopragiugniendo doman-
doro del Lupo, e p(er) certo Atto il Lupo s'avide che'l Pecoraio,
con uno Atto d'Occhio, lo sengniava. . XL .

1 Dice che uno cacciatore seguitava uno lupo, che avea
2 trovato nel bosco ; sicchè il lupo, fuggiendo inanzi alli cani
3 e al cacciatore, si trovò uno pecoraio, che ghuardava sue
4 pecore, & era lo lupo molto affaticato del correre. Disse
5 lo lupo al pastore : "Io ti priegho, p(er) Dio, che ttu mi
6 canpi della morte di mano delli cacciatori, & io ti prometto
7 di mai tocchare delle tue bestie, & che io ti diffenderòe da
8 ogni lupo." Disse lo pastore : Che vuolli ch'io ti faccia ?"
9 Disse lo lupo : " Che tue mi nascondi sotto lo tuo mantello."
10 Disse lo pastore : "Bene mi piace." Disse lo pastore :
11 "Ponti in terra." Lo pastore lo coperse col mantello.
12 Stando cosìe, e llo lupo tenea l'uno occhio fuori del man-
13 tello, & no(n) stette niente che gli cacciatori giunsoso al
14 pastore colli suoi cani. & domandaro *al* pastore s'egli avea
15 veduta passare indi via uno lupo. Disse lo pastore :
16 "Avale, Avale, nè vae q(u)indi suso." (E) mostrava
17 loro colla mano onde lo lupo ne dovea essere ito; ma lli
18 suoi occhi aveva tuttavia al mantello, là ov'era lo lupo.

Manuscript : T-(2-3)-laq(u)atesse ; (4-5)-*Order :* s'avide con uno Atto
    d'Occhio che'l Pecoraio lo sengniava ; 14-il.
Marie Q: 1-dis ; veneor ; 2-acoilli ; fuioit ; 3-berchiers ; 5-requist ;
    6-mucast ; veneor ; 9-escondist ; son giron ; 10-q(ue) ainsint fera ;
    13-li venerres venoit ; 14-domandant ; 15-le ; 16-ne se ou tu ; 16-17-
    O ses mains le vaut enseignant Q(ue) ailleurs le doit aler querant ;
    18-N'en pouvoit remuer.

XL. WOLF AND SHEPHERD.

19 Q(u)ando gli cacciatori furono iti via, e llo pecoraio
20 disse a/ lupo: "Esci fuori, che gli cacciatori sono iti
21 via," lo lupo sinne usciò; e disse llo pastore: "Ben ai
22 ragione di volermi bene, che tt'o canpato della morte."
23 Disse lo lupo: "La tua boccha, e lle tue mani, e lla tua
24 persona abbia allegreza, / *fol.46 b.* / che m'aiutòe, ma lli
25 tuoi occhi ti fossoro chavati, p(er)òe che presso no(n) mi
26 achusarono, laonde averei p(er)duta la persona, p(er) loro
27 no(n) rimase."

Chiosa del detto XL Capitolo.

28 Per q(u)esto exenpro potemo vedere degli huomeni
29 malvagi lusinghieri, e anna bello parlare, che colle loro
30 parole si mostrano d'aiutare altrui, e molto si ne traggono
31 inanzi co(n) senbianti in parere che nne facciano loro
32 podere d'aiutarli, e dietro fanno altrui lo peggio che
33 possono, e spetialmente a colui chui elli anno alcuna
34 ruggine avuta, sicchome avea lo villano incontra il lupo.

Manuscript: 21-a _before_ llo.
Marie Q: 19–il le vit bien esloignie; 21-22–N' m'en sez tu ore bon gre;
    22–delivre; 23–respondi; langue; 24–Doi-ge bon gre savoir; 25–
    T'ieulg; a poi; 26–descovriere(n)t; 29–losengiers; 30–est coutumiers;
    aucun home; 31–par; 31-32–est m(o)lt en g(r)ant; 32-33–decoit P(ar)
    faus semblant qu'il fesoit.
Marie Q untranslated: Lines 8, 17, 20, 29-30.

XLI. PEACOCK.

Capitolo XLI: Del Paone che ssi ramarica alla Natura
della Bocie e de Piedi rustichi, domandando volere essere anzi
uno Lusigniuolo. .41.

1 *D*'uno paone dice che stando elli, sissi puose mente le
2 penne e videle così belle, molto se ne rallegrò; & stando
3 in q(u)esta allegreza, presso di lui si cominciò a cantare
4 uno usigniuolo, a molti belli versi; disse lo paone: "Oi
5 lasso! Che io mi credea essere lo più bello uccello che mai
6 fosse veduto, ma che mmi vale q(u)esta belleza, dacch'io
7 non so cantare, certo io vorrei anzi essere uno usingniuolo
8 che q(u)ello ch'io sono." Et cominciòssi molto a crucciare
9 & andòssene alla Natura inmantanente, e disse che avea
10 dato piùe a l'usingniuolo, ch'era così piccolo, che a llui.
11 Disse la Natura: "Or non t'o io fatto co(n) più belle
12 penne che ucciello che ssia?" Disse lo paone: "Or che
13 mmi giova, che non so cantare, e lli piedi mi facesti così
14 sozzi che ogni volta ch'io gli mi pongo mente, sì me ne
15 vergognio?" Disse la Natura: "Vattene via, che bene
16 ti basta ciò ch'io ti diedi, & che mai no(n) dei avere altro."
17 Allora lo paone se n'andòe via.

Manuscript: 3-e *before* presso.
Marie Q: 6-7-que vois n'avoit; 8-fu couroucies; 9-le mostra; fait-il;
9-10-A meillor vois; 10-est; petis; 11-la dame li demanda; ele l'avoit
si ennoure; De; bel; 12-nul autre; 13-savoit; 15-Ele respont; 15-16-
"Laisse m'ester, Ne te puet ta biaute soffire?"

XLI. PEACOCK.

Chiosa del detto XLI Capitolo.

18   Per q(u)esto exenpro potemo vedere che niuno huomo
19 non si chiama contento di q(u)ello ch'egli ae; se mille
20 marchi d'oro valesse lo suo, si nne vorrebbe anche, p(er)o-
21 ch'elli no(n) puote avere tanto ch'elli no(n) truovi ch'abbia
22 più di lui, e bontadi, e belleze, & delle riccheze lo simi-
23 gliante; e p(er)ò ogni huomo si dovrebbe chiamare con-
24 tento di q(u)ello che Dio gli a stabilito & dato, s'elli
25 avesse senno.

Marie Q: 20–d'argent; il avoit; 20-22–Ne p(r)ise il tretout noient, S'il
n'a encore . iiii. tans, Ja n'acomplirai ses talens.
Marie Q untranslated :   Lines 2, 4, 12, 16, 19-20.

XLII. LAMB AND GOAT MOTHER.

Capitolo XLII: D'una Capra che'llattò uno Angniello che lla Madre no(n) volle allatare ella. XLII.

/ fol. 47a. /

1 Una pecora aveva uno suo angniello piccolino ; lo pas-
2 tore, vedendo che lla pecora no(n) parea ch'ella ne fosse
3 desiderosa di nutricallo, si llo tolse & diello ad una capra
4 a nutricare, p(er)chè l'angniello no(n) morisse. La capra
5 si llo si menava tuttavia dietro, & venne lo allevando tanto
6 che ffue grandicello ; disse la capra uno die a l'angniello :
7 "Io voglio che ttue te ne vadi alla tua madre e llo tuo
8 padre, p(er)ciòe che ttue vedi colàe." Disse l'angniello :
9 " Q(u)al' è la mia madre e llo mio padre ?" Disse la capre :
10 " La tua madre sie q(u)ella pecora, e q(u)ello montone sie
11 lo tuo padre, & p(er)ciò tu sse oggimai tale che ttue puoi
12 tornare a lloro." L'angniello le rispuose molto saviamente,
13 e disse : " Q(u)ella è mia madre che bene mi fae, onde io
14 no(n) conosco e no(n) voglio conoscere nè altro padre nè
15 altra madre che voi, che m'avete allevato infino ch'io mi
16 partiò da colei che voi mi dite."

Manuscript: una pecora *at bottom of fol. 46b ; (Cf. 2nd Facsimile.)*
Marie Q : 1–ot ai(n)gnele ; bergiers ; 3–li a oste Son aignelet ; bailla ;
   4–a norri ; Qui ; 5–maine avesques lui ; 6–creu & g(r)ant ; El ; li ;
   7–Va ; 10–berbis ; qui est ; 12–bonem(en)t ; 13–doit estre ; velt pestre.

XLII. LAMB AND GOAT MOTHER.

Chiosa del detto XLII Capitolo.

17   Per q(u)esto exenpro potemo intendere delli fanciulli
18   che rimanghono orfani, sanza alcuno suo parente che bene
19   li faccia, che p(er) adventura si viene ad mano d'uno che
20   nolli apartiene nulla, & tralo di grande disagio infino
21   piccolino, p(er) amore di Dio e p(er)chè'l vede cosìe
22   abandonato, e crescelo; & lo fantino dee essere savio di
23   no(n) conoscere mai altro padre nè altra madre senone
24   colui, che ll'a allevato & bene gli a fatto, & meglio gli dee
25   volere che a tutti gli suoi parenti, che del suo male none
26   churano niente.

Marie Q: 17–celui ; 18–Qui est restes ; 19–P(ar) aucun qui ; 20–est rien ;
22-24–Bien le doit vouloir . i. g(r)ant bien.
Marie Q untranslated: *Lines 11, 15.*

XLIII. MAN AND SHEEP.

Copitolo XLIII : D'uno Malfattore che tolse una Torma di Pecore a una a una sanza fare elle alcuna difesa, e pentoronsi. XLIII.

1 Dice che uno malfattore s'andava sollazando una fiata
2 con una sua fe(m)mina, sìe che tròvoe una grande co(n)-
3 pagnia di pecore, che non aveano nullo pastore ; inconta-
4 nente ne prese una buona e grassa e uccisela e portòsenela
5 via, sicchè ogni dìe torna p(er) una. Le pecore, vedendo
6 q(u)esto, si nne erano molto dolenti, consigliarsi insieme
7 com'elle se ne potessoro aiutare, pur tanto che p(er) loro
8 grande viltade non si miss(er)o niuna ora a difendersene,
9 tanto che llo gientile huomo le se ne portò tutte ad una ad
10 una, seno(n) si ffu uno montone. Q(u)ando lo montone si
11 vide cosìe solo, disse : '' Che grande co(n)pagnia solea
12 io avere, ora mi pento che noi no(n) ci difendenmo da
13 q(u)esto malvagio huomo, che cci ae così tutti divorati.''

Chiosa del detto XLIII Capitolo. / fol. 47b. /

14 Per q(u)esto exenpro potemo vedere che sono molti
15 huomeni che ssono si vilissimi & cattivi, che no(n) sanno
16 contastare alli loro nimici, anzi si lasciano menare mala-
17 mente, allora ch'egli si potrebbono aiutare e difendere, e
18 q(u)ando sono morti e di persone e d'avere, allora si pen-
19 tono q(u)elli che ssono rimasi, che non si sono difesi ; ma'l
20 pentere di *d*ietro no(n) vale loro nulla, anzi ne portano ire
21 e danno.

Manuscript : 20-rietro.
Marie Q : 1-Bres ; esbanoier ; 2-o ; moillier ; 3-berbis ; sanz garde ;
5-chaucun jor i revenoit ; berbis ; 6-couroucerent ; conseillerent ;
entr'eles ; 8-atendirent ; 9-Breton ; Ses emportoit ; 10-N'i remest
fors ; 11-touz ; fait-il ; 11-12-estions ; 12-13-Vers cel ; 13-qui a g(r)ant
tort ; tret a mort ; 14-Plusor.
Marie Q untranslated: Lines *1, 12-14, 18, 20, 28.*

XLIV. ASS AND LION.

Capitolo XLIIIIo : D'uno Asino c'andando col Leone in
su uno Monte fece Pruova collo Raghiare ch'era più tenuto
che'l Leone. XLIIII.

1   Andando uno asino p(er) una via, fossi scontrato nello
2 leone ; disse l'asino : " Dio ti salvi, parente." Disse lo
3 leone : "Q(u)ando fummo noi parenti, che cosìe argho-
4 gliosamente mi parli ?" Disse l'asino : " Molto m'ai tue
5 avile, a q(u)ello ch'io veggio, ma sse tue ti vuogli provare
6 co(n) meco, andianne in su q(u)ello monte e vedrai di chui
7 le bestie averanno maggiore paura tra di me o di te." E
8 sicchè se ne andarono in sul monte ; l'asino incomincia ad
9 raghiare molto fortemente. Le bestie, udendo cotale boce,
10 che parea che tutta la montagnia dovesse cadere loro
11 adosso, cominciarono tutte a fuggire, ebboro grandissima
12 paura. Disse l'asino allo leone : " Parti che mi dicessi la
13 verità ?" Disse lo leone : " Elle no(n) fugghono p(er)-
14 ch'elle abiano paura di te, anzi sono spaurite p(er) paura
15 della tua boce, che credettoro che ttue fossi uno delli dimoni
16 dello inferno p(er) le tue grida, che ttue mettesti.

Manuscript : 8–ene.
Marie Q : 1–encontra; .i.; 2–si le salua; trere; respont; 3–sonmes;
6–o; vien; de; te ferai veoir; 7–ces; comme; 8–est ales o lui; de;
prist; 9–recaner; Si durement; 11–fouirent; orent; 12-13–" Vois-tu,
amis, Ce que je t'avoie pramis ?"; 13–a respondu; 13-14–Ce n'est mie
p(ar) ta vertu; 14–tant lo semble espoentable; 15–tuit cuident ce
soit deables; 16–le cri; criast.

XLIV. ASS AND LION.

Chiosa del detto XLIIII Capitolo.

17   Per q(u)esto exenpro potemo intendere dell'uomo fellone
18   argoglioso, che p(er) sue minaccie e p(er) sua grida spa-
19   venta la folle giente, e pare lui che nessuno lo possa con-
20   tastare; ma molte volte truova che llo conosce e contastalo
21   in detto e in fatto, p(er)ciò ch'elli sae che illui non a altro
22   che grida e parole, e q(u)ando elli si vede contastare,
23   allora perde lo suo argoglio e umiliasi.

Marie Q: 18-tencon ; 19–cuident bien ; doie.
Marie Q untranslated: *Lines 8-10, 14, 18-19, 28, 37.*

XLV. FOX AND LION.

Capitolo XLV : D'uno Leone *che* si fece malato p(er)
mangiare delle Bestie, e così facea, ma lla Volpe, p(er)
Malitia di lei, no(n) mangiò elli. . 45 .

1 Uno leone si fece una volta malato p(er) avere le bestie
2 che mangiare, sìe che mandava p(er) loro & faceale venire
3 ad una insieme nella cava sua, ov'elli giacea, e poi le
4 mangiava comu / *fol. 48a.* / nq(u)e erano dentro a llui ; e
5 lle bestie crediano ch'elli vollesse essere s(er)vito da lloro
6 in q(u)ella sua infermitade, non se ne pensavano nulla che'l
7 leone le volesse cosìe manicare, andavani in buona fede.
8 Sicchè mandò p(er) la volpe e q(u)ella andòe a llui, ma
9 ssico(m)m'ell'è vitiata, pensò in prima ch'ella andasse a llui
10 che llo leone nolla volea p(er) suo bene, pensòssi di none
11 apressaglisi apresso, e q(u)and'ella fue a llui, fermòssi di
12 fuori in sulla boccha della cava, et disse : "Mess(er)e, io
13 sono venuta a voi, che mmi comandate ch'io faccia ?" Disse
14 lo leone : "Amica mia, vieni ad me e tocchami lo mio
15 polso a ssapere che tti pare di me." "No(n) vi vengnio
16 niente, ch'io sono mala medica che no(n) me ne intendo
17 ora di cotesta malattia ; et male a lloro huopo cie ne sono

---

Manuscript : 14–leono.
Marie Q : 1–fu a son dit ; vouloit ; 2–fist ; 3–Unes & unes ; 4–devouroit ;
   8–Li ; est ales ; 11–est arestes ; 12–greve ; 13–demanda ; 14–P(or)qu'il
   ne velt venir avant.

XLV. FOX AND LIÒN.

18 venuti tanti delli medici a voi, che mai no(n) medicheranno
19 piùe." Lo leone si rizòe p(er) andarle adosso co(n) grande
20 ira, e lla volpe se n'andò incontanente, e scanpòe p(er)
21 pensare dinanzi ciò che lle potea advenire.

Chiosa del detto XLV Capitolo.

22 Per q(u)esto exenpro potemo vedere che no(n) dee l'uomo
23 andare vievia inanzi al singniore, o a corte di podestade,
24 o a chiunq(u)e manda p(er) lui; anzi dei pensare prima
25 p(er)chè è mandato p(er) lui, anzi ch'egli vi vada, e con-
26 sigliarsi suso, e poi pigliare lo migliore, che molti ne sono
27 già inpacciati p(er) andarvi così tosto sanza vedere q(u)ello
28 che gliene puote advenire.

Marie Q: 18-19–n'en voi nul retorner ; 22-25–La cort au roi est ensement,
Tiex i entre legierement, Mielz li vendroit en sus ester, P(or) les
nouvelles demander.
Marie Q untranslated : Lines *1, 5-7, 11, 14-15, 19-20, 22-23.*

XLVI. ONE-EYED JUDGE.

Chapitolo XLVI: D'una Sconcordia di Pregio d'uno Muletto
tra'l Venditore e'l Conperatore. XLVI.

1 Dice che uno hnomo avea allevato uno suo puledro, sicchè
2 gli facea mestiero di venderlo ; uno suo vicino si llo volea
3 co(n)perare da llui, ma q(u)elli gliele dicea xx lire, e
4 q(u)elli nogliene volea dare tanto, sicchè furono in concor-
5 dia mi menarlo al mercato, e llo primo huomo ch'elli tro-
6 vassono si gliele dovessoro mettere in mano, & cciò che lo
7 stimasse se ne dovesse dare. Mossorsi e furono al mercato,
8 e llo primo huomo ch'elli trovarono si non avea mam'uno
9 occhio, sicchè gli dissoro la q(u)istione sicchome elli
10 avieno pattovito, e gliele disse lo buono huomo : " Dacchè
11 voi siete così in concordia, dunq(u)e volete bene ch'io lo
12 stimi, & *ciò ch*'io cosìe ne diròe saràe fermo ?" (E) cias-
13 cuno disse : " Sie." Lo buono huomo viello guarda– / *fol.*
14 *48b.* / *va* intorno e poi lo mise in mano al conperatore e
15 disse : " Te, che Dio te ne dea bene, e dalli dieci lire."
16 Q(u)ando l'uomo c'avea allevato lo puledro udìe cotale

Manuscript: 13-14–guarda / ndo.
Marie Q : 1–reconte ; vilain ; avoit norri ; cheval ; 2–il volt ; 2-3–bar⁻
queigna ; 3–s(ouz) ; 4–couvint ; 5–premiers ; Qui encontre eulz ve(n)-
droit ; 6-7–Au pris que meteroit ; 7–il l'avroit ; 8–ont encontre ; 8-9–
Qui le destre ieulg avoit p(er)du ; 9–Si li demandent son avis ; 15–
respont ; vaut ; s(ouz) ; 16–li autres.

XLVI. ONE-EYED JUDGE.

17 sentenzia dare, crucciòssi molto e disse che sanza la ragione
18 della corte nollo averebbe niente ; sicchè si missoro tutti e
19 tre e andarsine col puledro a mano alla corte. Quando
20 furono giunti inanzi al giudice, disse lo buono huomo
21 c'avea dato il lodo del puledro : "Mess(er)e, noi vengniamo
22 dinanzi da voi p(er) una cotale q(u)istione ; q(u)esti due
23 buoni huomeni si m'anno messo in mano ch'io lodassi
24 q(u)ello che q(u)esto puledro valesse, & cciò ch'io lo sti-
25 masse, l'uno di costoro lo ne dovesse paghare, & io l'o ne
26 stimato che gliene dovesse dare . x . lire ; onde colui, chui
27 è lo puledro, dice che nogliele vuole dare, onde secondo la
28 loro promessione elli si gliele dee dare." Disse lo buono
29 huomo di chui era lo puledro : "Mess(er)e, or m'inten-
30 dete la mia ragione ; ben è vero che noi gli mettemmo in
31 mano ch'elli ci acordasse insieme, ma elli nol puote vedere
32 senone mezo, p(er)och'egli non a ne mam uno occhio,
33 p(er)ò no(n) il pote stimare senone mez(z)o." Allora lo
34 giudice cominciò a ftare grande risa, p(er) q(u)ella parola,
35 e diede p(er) sentenzia che q(u)ello lodo no(n) valesse,
36 & fossoro come da capo. E llo buono huomo si ripigliò lo
37 puledro suo & andòssene via con esso, & p(er) bene parlare
38 fue liberato.

Marie Q.: 17–contredist; 19–l'a mene; justise; 21-22–Si li mostra
co(m)me ce fu ; 28–a respondu ; 29–vilains; 31-32–n'en vit fors que
moitie ; 33–veoir Q(ue) povoit valoir ; 34–N'i a celui qui ne s'en rie ;
37–O son cheval s'en est ales ; 38–est eschapes.

XLVI. ONE-EYED JUDGE.

Chiosa del detto XLVI Capitolo.

39   Per q(u)esto exenpro dee ogni huomo essere savio
40 q(u)and'egli è dinanzi alla ragione, ch'elli debbia dire e
41 usare parole che ssenbrino verità, & non abbia paura di
42 dire bene la ragione sua, poich'elli non abbia collui giudice
43 che ll'aiuti ; e pensi anche di dire anche alcuno buono
44 motto, peròe che p(er) una buona parola viene talora ad
45 suo intendimento.

FINITO È I'LIBRO DE L'ISOPO IN VOLGHARE.
AMEN.

Marie Q: 39–Quiconques ; contregarder ; 40–p(ar)ler doit devant
justise ; 41–parole ; Quele ait semblance de raison ; 42-43–Qui li
sachent co(n)seil donner ; 44-45–Li sages hom a g(r)ant destroit,
Torne son tort souvent a droit.
*Marie Q untranslated : Lines 9, 16, 20-22, 24-25, 28--38 (Of these, parts
of lines 33-36 are torn and lost), 42-44, 49, 51, 56.*

3. EXPLANATORY NOTES.

General Remark : The majority of the changes from the original manuscript reading, made in editing the text of the *Isopo Laurenziano*, are corrections of self-evident scribal errors, and therefore have not been cited in the notes, unless especially worthy of remark.

Prologue.

1—*mettere lo cuore:* Bote *Palatino I* and *Rigoli* have *mettere la cura*, which agrees more closely with the *metre lor cure* of *Marie Q;* the change in the *Isopo Laurenziano* is probably due to the fact that *mettere lo cuore* is more common as a set phrase, meaning : to turn one's attention toward a thing *with a will.*

8—*che huomo* is substituted for the evidently corrupt *come* of the manuscript, because it is found in the same expression in the prologue of *Rigoli.*

12—The lacuna of the manuscript has been filled with *quasi,* from *Rigoli* and *Palatino I.*

Fable II.

9—*l'ai intorbidata* is so far removed from the cognate *ghuasta,* that clearness demands the repetition of the auxiliary and object.

26—The scribe differs from *Marie Q* throughout this moral, as may be seen by the scant underlining, and consequently he becomes somewhat confused ; the substitution of *ciascuno* for *che* makes the smallest change comportable with clearness.

Fable III.

22—*cerbia* for *nibbio* is purely a scribal error.

Fable IV.

1—*e* of the MS. is redundant before the finite verb ; *Palatino I* has *e passando*.

7—*che affogatu* is supplied from *Palatino I* to complete the sentence.

10—A change of number is to be noticed in the subject of the sentence : this occurs often in the morals of this collection when the author wishes to point his teaching more individually.

Fable VI.

13—*Marie Q* does not have the Hare or the Mouse ; *Palatino I* has them both, but *Rigoli* has only the Hare ; hence it is probable that the Hare was introduced into the original Italian translation of *Marie Q*, but that the Mouse was first added in the *Older Isopo Laurenziano*.

17—*munghiava* occurs here, but in Fable XVI, 19 and 21, the word is *mughiare ;* the form with *n* is not cited by the grammars, and I am inclined to think that the spelling here has been influenced by the sound which the word represents ; Groeber cites a Friaulian dialect form *mugnolà* (194).

Fable VII.

Title-*Ghazza* : This is the *corvus pica ;* in all other collections, except *Falatino I*, the characters of this fable are two Bitches ; aside from this difference of characters the form of the fable given here is substantially the same as that found elsewhere.

36—*che* introduces a sentence whose conclusion would naturally be : *have received much evil thereby ;* the scribe, however, forgot the first of his sentence, and makes the object of the first phrase the subject of the conclusion, thereby confusing the grammar, if not the general sense·

---

194. Cf. Groeber, *A. L. L.*, IV, 123.

Fable IX.

4—*bizichare* is for *pizzicare*, the former spelling not being cited by the dictionaries.

Fable X.

Title—*Marie Q* has an Ox as the third companion, instead of a Bear.

10—*p(er)och'i'sono:* The apocope of the *o* of *io* does not occur elsewhere in the MS; for other examples, cf. Blanc (195).

Fable XI.

3—*pesce scaglia:* Petrocchi (196), referring to this fable in *Palatino I*, gives *pesce scaglia* as meaning *testuggine;* it is the translation of the word *welke*, the original word in *Marie Q*, later erased and replaced by *oytre*.

21—*brigha :* Cf. the note to Fable IV, line 10.

Fable XII.

1—*refiudo* is not cited in the dictionaries, it seems to be a corruption of *refugio*, as in *Rigoli* the word is *rifuggho* (197).

Fable XIV.

12—*a'nspaldire*, not cited in the dictionaries, is built on *spaldo*, *summit*, and hence is equivalent to *insuperbiare*.

Fable XV.

19—*maggiare*, for *mangiare*, occurs also in XVIII, 13, and *maggiarde* occurs in XXXV, 16; elsewhere the word occurs some thirty-three times, always as some form of *mangiare;* the forms without the nasal have not been cited by those who have discussed the word.

30—*ringhiando* means to whine and snarl like a dog, the usual words for bray being *ragliare* and *ragghiare*. (198)

Fable XVII.

4—*ch'eglino:* In the first part of this fable the scribe misread his copy, taking the word *lino* to be the termination of

195. Cf. Blanc, *Grammatik*, p. 100. 196. Cf. Petrocchi, II, 856. 197. Rigoli, XIV, line 3: *rifuggo;* the MS. form is *rifuggho*. 198. Cf. Petrocchi, II, 671, 675, 762.

the pronoun *ellino* (*eglino*); in line 8, he sees the real meaning of the word and there is no further confusion. Both *Palatino I* and *Rigoli* have the substantive throughout, which agrees much better with the general plan of the fable.

Fable XXII.

12—*spina nera :* In *Marie Q* the *spina nera* is considered the best wood for an axe-handle, while *Palatino I* and *Rigoli* agree with the *Isopo Laurenziano* in making it the worst for such a purpose. The Italian collections further agree in the *motif* of the Trees taking counsel together, which is lacking in the French.

Fable XXIV.

32—*Lacuna :* An omission in copying the original must have been made here, for the person addressed "is not able to aid himself against the good, and cannot have back the mild." To fill this gap, we may supply possibly : "e vogliono canbiare, e anno lo rio che tolgono." *Palatino I* and *Rigoli* do not have parallel constructions.

Fable XXVII.

11-12—*Lacuna:* We may supply from *Palatino I* (199) : "Questa non mi puote campare tra le mani, e disse : 'Io t'aspetto qui presso.'"

Fable XXX.

10—*spastriccide* means *to disentangle ;* it is not cited by the dictionaries, but Petrocchi (200) gives *pasticciare*, meaning *to entangle.*

12—*a mal masso* of the MS. is a scribal error for *a mal passo*, which occurs elsewhere in XVII, 5 ; the present writing may be due to confusion with *mal messo.*

---

199. Cf. *Palatino I*, Giusti Edit., pp. 60-61. 200. Cf. Petrocchi, II, 463.

Fable XXXII.

40–53—Only in the Italian collections derived from the fables of Marie de France (201), is the second meeting of the Dog with the Wolf chronicled; in other collections the fable ends with the Wolf's glorification of liberty.

Moral—The customary moral of this fable praises the love for liberty alone, without adverse criticism of him who abuses its privileges.

Fable XXXIII.

17–18—*unire* stands here as representative of the *honir* of *Marie Q*, and therefore means *to put to shame* and not *to unite*. I have not been able to find the form cited elsewhere as a variant of *onire*. The expression does not occur in *Palatino I* or in *Rigoli*.

Fable XXV.

48—In *Marie Q* the Monkey replies to the Wolf's demand with regard to the savour of his breath, that it is betwixt and between, *entre deux est;* in the Italian derivatives of *Marie Q*, however, the Monkey has a cold and cannot smell.

Fable XXXVI.

This fable is found in *Palatino I* (202), but not elsewhere; a somewhat similar fable is the "Cicada et Noctua" of Phaedrus (203); there is, however, no probable relation between it and our fable.

Fable XLI.

Title—*Lusigniuolo:* Cf. th French *rossignol*, likewise formed by fusion of the definite article with the noun. Diez cites this form (203).

Fable XLIII.

19—*di rietro* of the MS. is from a confusion of *dietro* with *rieto*.

Bibliography (205)

1. *A. G. I.:* Archivio Glottologico Italiano, G. Ascoli, editor, Roma, Firenze, Torino, 1873 et ss.
2. *A. L. L.:* Archiv fuer Lateinischen Lexicographie, Woelfflin, editor, Leipzig, 1883 et ss.
3. *Bandini:* Supplementum ad Catalogum Bibliothecae Laurentianae, Bandini, Florentiae.
4. *Blanc, Grammatik:* Grammatik der Italienischen Sprache, L. G. Blanc, Halle, 1844.
5. *Blanc, Voc. Dan.:* Vocabolario Dantesco, L. G. Blanc, translated into Italian by G. Carbone, Firenze, 1859.
5. *Diez, Woerterbuch:* Etymologisches Woerterbuch der Romanischen Sprachen, F. Diez, 5te Ausgabe, Bonn, 1887.
7. *Ghivizzani:* Il Volgarizzamento delle Favole di Galfredo, dette di Esopo, G. Ghivizzani, Bologna, 1866 (Vols. 75-76 of Scelta di Curiosità letterarie inedite o rare).
8. *Hervieux:* Les Fabulistes Latins, L. Hervieux, 2nd Edition, Paris, 1893-96, 4 vols.
9. *Gentile:* Cataloghi dei Manoscritti della R. Biblioteca nazionale centrale di Firenze, compilati sotto la direzione del Prof. Adolfo Bartoli.—I Codici palatini descritti dal professore Luigi Gentile, Roma, 1889.
10. *Indici e Cataloghi XV:* Manoscritti della Reale Biblioteca Riccardiana, Firenze (Vol. XV of a government publication now in progress covering all the royal libraries of Italy).
11. *Inventario e Stima:* Inventario e Stima della Biblioteca Riccardiana, Firenze, 1810.
12. *Koerting:* Lateinisch-romanisches Woerterbuch, G. Koerting, Paderborn, 1891.

205. These works are referred to in the text under that part of the title here italicized. Other works mentioned have their titles in full.

13. *De Lollis:* L'Esopo di Francesco del Tuppo, Cesare de Lollis, Libreria Dante in Firenze, 1886.
14. *Meyer-Luebke, Ital. Gram.:* Italienische Grammatik, W. Meyer-Luebke, Leipzig, 1890.
15. *Monaci, Cres.:* Crestomazia Italiana dei Primi Secoli, Ernesto Monaci, Fascs : 1 and 2, Citta di Castello, 1889 & 1897.
16. *Nannucci, Verbi:* Analisi Critica dei Verbi Italiani, V. Nannucci, Firenze, 1843.
17. *Palatino I, Giusti:* Favole di Esopo in Volgare, Lucca, 1864 (Printed by Giusti, introduction by Minutoli et al. The text is that of *Palatino I*).
18. *Palermo:* Manoscritti Palatini di Firenze, ordinati ed esposti, T. Palermo, Firenze, 1853-69.
19. *Petrocchi:* Nòvo Dizionario Universale della Lingua Italiana, P. Petrocchi, Milano, 1892, 2 vols.
20. *Rigoli :* Volgarizzamento delle Favole di Esopo, L. Rigoli, editor, Firenze, 1818.
21. *Romania,* edited by P. Meyer and G. Paris, Paris, 1872 et ss.
22. *Salviati, Avvertimenti :* Degli Auuertimenti della Lingua sopra'l Decamerone, del Cav. Lionardo Saluiati, in Venezia, M. D. LXXXIIII.
23. *Scelta 91:* Scelta di Curiosità letterarie inedite o rare, Vol. 91, Bologna, 1868 : Libro di Novelle Antiche, Zambrini, ed.
24. *Ward, Catal. of Romances:* Catalogue of Romances in the Department of Manuscripts in the British Museum, H. L. D. Ward, London, 1883-93, 2 vols.
25. *Warnke, Fabeln:* Die Fabeln der Marie de France, K. Warnke, editor, Halle, 1898. (Vol. VI of Bibliotheca Normannica, edited by H. Suchier).
26. *Z. f. r. p.:* Zeitschrift fuer Romanischen Philologie, G. Groeber, editor, Halle, 1876 et ss.

Vita.

I, Murray Peabody Brush, was born in Zanesville, Ohio, April 17th, 1872. I received my early education in the private and public schools of Zanesville, and of Columbus, Ohio, to which I moved in 1885, after a winter in Germany. I was fitted for college in the Preparatory Department of the Ohio State University, and in September, 1890, I entered the College of New Jersey, at Princeton, from which I was graduated in June, 1894, with the degree of Bachelor of Arts, having specialized in Modern Languages. From Princeton I came directly to the Johns Hopkins University, where I spent the following academic year. From October, 1895, to June, 1896, I worked at the Bibliothèque Nationale, in Paris, and attended various lectures on French Literature and Philology at the Sorbonne, the Collège de France, and the Ecole des Hautes Etudes. In the autumn of 1896 I returned to Baltimore, for two years, in order to complete my course at the Johns Hopkins; I further found it advantageous to spend the summer months of 1897 in Florence, Italy, at work on the accompanying dissertation. During the current year, it has been my good fortune to hold a University Scholarship in the Johns Hopkins University.

My especial thanks are due Prof. Harper and Prof. Lewis, of Princeton University, Prof. Wood, Dr. Keidel, and Dr. Armstrong, of the Johns Hopkins University, Prof. Menger, of Bryn Mawr College, and above all to Prof. Elliott of the Johns Hopkins, for their constant kindness and courtesy, and for the great benefit I have received from their helpful guidance.

Baltimore, April 28th, 1898.

www.ingramcontent.com/pod-product-compliance
Lightning Source LLC
Chambersburg PA
CBHW030553040726
47497CB00008B/2711